道源揽胜

道源揽胜

YASHAN
INTERNATIONAL
VOLUNTEER VILLAGE
国际志愿者村

YASHAN
INTERNATIONAL
VOLUNTEER VILLAGE
村民理念

一切都会过去
的啦

但凡你想要的，就要你努力了

道源揽胜

《我们共同走过》丛书 伍
北京大学产业与文化研究所“2016 公益课题”

道源揽胜

在那神奇而美丽的地方

唐 岚／主 编　　韩 磊／副主编

当代中国出版社
Contemporary China Publishing House

图书在版编目(CIP)数据

道源揽胜：在那神奇而美丽的地方 / 唐岚主编. -- 北京：当代中国出版社，2016. 5

ISBN 978-7-5154-0697-8

(我们共同走过)

Ⅰ. ①道… Ⅱ. ①唐… Ⅲ. ①散文集—中国—当代②诗词—作品集—中国—当代③赋—作品集—中国—当代 Ⅳ. ①I217.1

中国版本图书馆 CIP 数据核字(2016)第 118050 号

出 版 人　曹宏举
责任编辑　叶敏娟
责任校对　康　莹
装帧设计　姚　洁
出版发行　当代中国出版社
地　　址　北京市地安门西大街旌勇里 8 号
网　　址　http://www.ddzg.net　邮箱：ddzgcbs@sina.com
邮政编码　100009
编 辑 部　(010)66572264　66572154　66572132　66572180
市 场 部　(010)66572281 或 66572155/56/57/58/59 转
印　　刷　北京润田金辉印刷有限公司
开　　本　640 毫米×960 毫米　1/16
印　　张　17.5 印张　5 插页　209 千字
版　　次　2016 年 5 月第 1 版
印　　次　2016 年 5 月第 1 次印刷
定　　价　46.00 元

目录

序一　丫山奇缘 / 郭梓林　001

序二　福报是做出来的 / 唐向阳　009

上篇　真心语　001

丫山之巅，慧至何处 / 韩磊　002

“双灵之旅”——从灵动的生命到灵秀的丫山 / 鲁瑞清　011

一段无尽缘 / 杨玲　014

讲座缘，丫山情 / 吕静　016

傻傻听，真实行 / 刘建新　020

我爱你——的啦桥 / 王天福　025

丫山新语 / 贾春霞　028

又见花开 / 蔡瑛　034

知道做不到，还是没有到 / 王建芬　040

与灵魂共舞，让生命绽放 / 何小萍　043

觉察，那心之所在 / 姚洁　048

心灵之家：自由与付出 / 贾洪杰　051

053 灵秀丫山 / 许红
056 幸福家园 / 刘金贞
059 丫山妹 / 陈晓红
063 终于等到你 / 黄晓秀
065 轻松工作，快乐生活 / 黄晓秀
068 赞丫山 / 张连义
069 有一种爱叫珍惜 / 赵霞
072 你好，丫山 / 贾鸽
075 回归 / 郑玉梅
078 幸福的密码 / 郎宇福
081 时间 / 赵子沣
084 修炼一颗灵性的心 / 彭玉涛
087 丫山音乐疗愈小语（二则） / 王艺霖
089 幸福一直都在 / 刘燕
092 只有去做，才不会白学 / 张继春
095 找回自己 / 董剑磊
097 学做快乐女人 / 曹凤华
100 遇见你，是最大的幸福 / 颜绿春
102 想才会做　做才会到 / 彭志波
105 丫山四月 / 李先丽
107 丫山行 / 杨静
110 丫山，点燃我的慧命之光 / 李凤琴
113 幸福之路通丫山 / 张晓莲
117 “心灵之旅”丫山行 / 曾艳群

不再愚蠢下去 / 付坤明 121
我是世上最幸福的人 / 刘盛森 125
从改变自己开始 / 王永平 127
花海拾瓣（1）/ 王萍　刘志强　刘丹 130
花海拾瓣（2）/ 吴峰　余虹　卢育峰 133
花海拾瓣（3）/ 唐语麟　卢强　叶雪峰 137
初茶 / 韩磊 141
走出心牢 / 蔡瑛 143
赣州监狱公益行（四篇）/ 张继春　刘崇江　邱小莹　童杰星 147

中篇　话衷肠 151
山静风轻 / 唐岚 152
走过春秋，成就自我 / 唐岚 158
光而不耀 / 韩磊 162
一次毕业 / 韩磊 166
跨越最后一个台阶 / 鲁瑞清 169
“川鸭子” / 庞坤 172
用心如镜，丫山论道 / 吴至民 175
道源丫山，必然之旅 / 贾春霞 178
丫山，您好 / 敬萍 182
嗨，丫山 / 熊英 186
做真实的自己 / 贺晓敏 188
看见自己 / 刘念 190

193 真假菩提 / 王建芬
196 找寻梦想 / 徐建华
198 遇见更好的自己 / 隋星柘
202 丫山开始，让生命走向慧命 / 付宝翠
205 讲师是做出来的 / 郭梓林

215 下篇　诗词赋
216 丫山诗画 / 韩磊
240 情满丫山 / 梓林

254 主编絮语　走进丫山 / 唐岚

序一

丫山奇缘

郭梓林　北京001志愿者

2013年正月十二，经朋友推荐，我第一次慕名去江西大余丫山。从北京飞往赣州黄金机场，抵达时天色已黑。丫山景区董事长唐向阳亲自驾车到机场，接我们一家三口。

机场到丫山一个半小时的车程，我们聊了很多很多，如同久别的老朋友。很快，我俩便以“学长”相称。我们从个人经历，谈到社会变迁；从农民、农业、农村，谈到生态旅游景区发展；从民营企业的生态环境，谈到社会公益慈善；从文化教育，谈到未来退休生活……兴致盎然地聊到车子驶进九成山舍，已经是晚上十一点多。

尽管是短时间的接触，但在向阳学长身上，有两点让我由衷赞叹：

一是，他的经历何以如此丰富？农、林、牧、副、渔、工都做过，而且行行都很优秀，学什么，会什么，甚至无师自通。

二是，在江西赣州大余县，这样一个偏僻的小地方，何以能出一个立志做千年大事的人？他要做的安国书院（现定名为道源书院），立意与情怀令人十分钦佩。向阳学长告诉我：创设这个道场的目的，就是让传道的人和求道的人，有一个相聚的地方，共同传承中国的优秀传统文化。

我们住的九成山舍，是建在山坡上的吊脚别墅楼。别具一格的19栋云海木屋别墅楼，被巧妙地镶嵌在竹林雾海中。松树从阳台的地板上窜出，好像一把天然的大伞；竹枝在墙边和窗口摇曳，如同一出美妙的动画；室内装修完全按五星级酒店的标准配置，洁净温馨，高雅大方，外朴内秀，不落俗套。

第二天用过早餐，我们在向阳学长的陪伴下，走出别墅群，来到一处观景台——怀云茶亭，在这里俯瞰群山，极目远眺，美不胜收。向阳学长指着眼前的一片崇山峻岭，说：整个景区三万多亩，核心景区七千多亩，创意和规划设计都是我做的，有的还是由我亲自组织施工的。

我们乘坐直达电梯，就到了景区的接待广场。昨晚因天黑，没看清这个建筑。下来之后，才发现高高耸立的“丫可喜”电梯，伫立在九成山舍屋后，既隔离又连接着游览区与酒店别墅群两个不同的功能区。此设计可谓匠心独运。

顺着盘山公路，我们乘车来到山脚下，参观景区的办公区，走进向阳学长的办公室，映入眼帘的是一幅巨大的绘画《雄鸡一唱天下白》。我很惊讶，我是属鸡的，向阳学长是属龙的，怎么挂的不是龙呢？

走出办公楼，参观了农家乐的食府。来丫山度假的游客，在这里可以用柴火自己做饭。重返自然，体验农村生活，对于我们曾当过知青的这一代人来说，看到这番场景，很容易勾起一种特别的情感诉求。走过整洁别致的食府，就是一条深红色的木塑栈道——“幸福天路”，向阳学长告诉我：这些木塑全部是就地取材，丫山自己生产的，采用德国技术，使用年限20年，原料可以重复使用，非常环保，而且木塑栈道完全看不到任何结点，完全没有丁卯接缝的痕迹，这是丫山的独家专利发明。

栈道的尽头，就是丫山的核心景点：卧龙谷。卧龙谷的顶端，就是九成山舍。我们开始向上攀登，尽管是冬天，十八级瀑布依然水源充足。山涧不时传来潺潺流水声，让人觉得神清气爽，真是声色宜人，养心悦耳。

漫步山谷，犹如置身天然氧吧。赣南的冬天，不像北方那样肃杀。山上的植被虽然不是郁郁葱葱，却也绿色依然。拾阶而上，一路古树参天，奇石嶙峋，藤蔓蜿蜒，苍翠勃勃。山间小道上的每一处石板和小桥，每一段阶梯和护栏，尽显设计和施工的精细认真，才四周岁的115志愿者郭东焜，居然一路开心，一路攀登，不觉得累。我们就这么边走边聊，大约过了一个小时，才想起，孩子毕竟年纪小，怕伤了他的膝盖骨，于是，就背起他，走完了最后的三百多级台阶。

眼看快到“丫可喜”广场了，向阳学长带我们拐进另一条小道，来到了正在兴建中的道源书院工地。虽未完工，却已经可以让人感受到落成后的大气与恢宏。向阳学长告诉我：今年八月能竣工。

走出卧龙谷，向阳学长又亲驾路虎越野车，带我们在山间小道的泥石路上飞奔了起来，这是丫山的特色旅游项目。越野车在陡峭起伏的只有一个车道的山间土石小路上飞驶，上坡时只见天不见路，下坡时不见天不见路，煞是惊险，吓出我们全家一身冷汗。

第三天上午，我们离开丫山，去第二个度假地——三亚。与向阳学长握手分别时，相约三月中旬，北大公益讲座来大余开课，让全国的志愿者有一次为大余听众服务的机会，并领略丫山如何使人文与自然达成了高度和谐。

三亚亚龙湾，是冬天最好的去处之一。奔波了一年，带家人度假其实是一种“还债”。享受着海南热带气候的冬天，欣赏南中国海的美景，天蓝蓝，海蓝蓝，心情格外舒坦。不时也想起丫山，想起向阳学长，还有那幅《雄鸡一唱天下白》的巨幅国画，不经意间想到了“龙凤呈祥”……

正在亚龙湾沙滩上晒太阳的当口，有一个当地的电话打了进来，说是从丫山的唐总那里了解到，北大公益讲座的创始人到了三亚。希望我能安排时间，到他们的文化旅游公司参观，指导一下企业文化。当时，心里虽然有点儿不情愿，却有一个很坚定的念头：既然是向阳学长的朋友，自然是要给面子的。

当天下午，我跟妻儿说：“我应付一下，去去就来。”车子接上我，开了一个多小时，到了呀诺达。进了景区，我才大吃一惊！这哪里是我想象的那个街边开个门脸的文化旅游公司，而是国家AAAAA级热带雨林文化旅游景区！邀请人是董事长张涛。真是孤陋寡闻，不知道中国旅游界赫赫有名的张涛，也不知道海南有一个 AAAAA 级的呀诺达旅游景区。

张涛学长是中国旅游界的传奇人物，联合国教科文组织“善行旅游”项目策划人，参与过海南三个 AAAAA 级旅游景区的建设，他的法号是“善慧”，创办了“海南三道圆融旅业有限公司”，是呀诺达的主要投资人。而我写的两幅字“至慧命”和“光明圆融善”，八个字中，就有四个字与他的法号和企业名号有关。我跟他调侃道：我天天都在写你、想你呀！这事，让我更加坚信：相识必是有缘。

见面只聊了 25 分钟，我们就一拍即合，张涛学长提出：由他来担任海南 001 志愿者，并敲定 3 月 15 日邀请北大公益讲座志愿者到呀诺达开课。

2013 年的春天，是北大公益讲座的第三个春天，因为走进丫山，然后到了呀诺达，几乎同时遇到向阳学长和张涛学长，在这看似偶然的后面，却被后来的一系列发生所印证：原来一切发生，都是上天的安排。

向阳学长 2008年放弃所有矿山生意，转型做生态旅游，是因为不愿意看到企业在高速发展的同时，将大自然摧毁得满目疮痍，是不愿意再过那种天天为可能发生矿难而担惊受怕的日子，是不忍心面对矿难家属那张张痛苦的脸……，他毅然决然地选择了做造福子孙后代的生态旅游，硬是靠着自己的坚定信念，把偏远沉寂的丫山打造成了中央电视台《2015 美丽乡村过大年》实景拍摄地。

向阳学长有一个梦想：当景区走上正轨之后，就在深山老林陪守百年之后的父母。旁边盖一个小屋，种一片茶园，赏花、养鱼、看书、听音乐。如果有人慕名而来，就清茶一杯，亭下问盏，天马行空，谈天说地，聊人生，说信仰，排忧解难，开示说法。过一种耐得住寂寞，又通天达理的晚年生活。在正式退休之前，向阳学长当然还有一件事要做：通过丫山的“章源黄埔培训”，潜移默化地为大余县义务培养2000名有教养的淑女，每期20人，一共100期。他说：在现实生活中，一个女人几乎能影响一个家族上下四代人。如此计算，这两千女子将来对社会的影响力，不可限量。

张涛学长，也是从2008年开始，以全新的理念整合资源，使呀诺达创立仅三年，就成为“中国最具影响力旅游景区”。呀诺达的成功，不是自然资源的变现，正如国家旅游局一位官员说：“呀诺达用三流的资源，做出了一流的服务，创造了一流的品质。”在呀诺达成功的背后，是“道”的成功。“生态旅游，善行旅游，教育旅游”，是呀诺达的一大特色。

为了保护雨林中的动植物，在修建长达18公里的生态木栈道时，张涛告诉员工：“树比我们先来，所以该让就让。”为了保护这里的植物，整个工程不使用大型机械，完全用人力搬运物资上山建设。

创业开始，呀诺达便承诺：只要是被旅游区占用了土地的村民子女，都无条件录用，并给予当地60岁以上的老人每月300元生活补助。现在呀诺达的员工中，80%是当地农民。在当地但凡人均收入过万元的家庭，一定是家里有人在呀诺达工作。有一位省里的官员曾经对张涛说：“毛主席都说，重要的问题是教育农民。你们是怎么把农民都调教成了像士兵一样的员工？”

正当北大公益讲座的志愿者决定走上一条从生命到慧命的心灵之路时，我们遇到丫山和呀诺达，遇到向阳与张涛两位学长，绝非偶然，是谓：“人法地，地法天，天法道，道法自然。”道源何处？必须回到自然中去寻找。而且，对别人好，只是善的起点，能够对人真正有帮助，才是功德。

向阳与张涛两位学长，已经用他们的做到，践行着自己对“道”的信仰。就这样，丫山和呀诺达，成了北大公益讲座的两块福地，也成为诸多去过或还没去的志愿者心中最喜爱和向往的两颗“明珠”，并且，两地的自然景观和人文精神，不断启发我无数创意灵感和对未来的梦想。

2015 年 6 月 16 日至 19 日，北大公益讲座第二期讲师培训班在已经落成的道源书院举办。这是一个颇具江南特色兼容徽派风格的建筑群，大气、舒展、典雅、端庄，功能配套齐全。来自全国各地的 28 位志愿者，在这里完成了四天三晚的课程。大家在丫山尽享自然与人文带来的喜悦和生命感悟的同时，留下了一篇篇朴实真诚而精美隽秀的文字。这些发自肺腑的文字，既是对北大公益讲座这些年不懈努力的总结，也预示着我们将要去的远方。

“道可道，非常道”，“言语道断”。这些古人的名句，饱含深刻的哲理。修行，说到底，不是说，而是做。

“道生一，一生二，二生三，三生万物。”“道源何处？”这是一个可以用毕生和永生去破解和领悟的命题。我只知道，肯定不是那个具相的丫山和呀诺达，也不是书院的建筑，而是在每个修行人心中的那个“念”里，是谓：“到了，你就知道；知道了，就还没到。”

2016年4月7日至11日，北京大学公益讲座在丫山首次举办一二三阶课程，并且确定将丫山的花海客栈作为“国际志愿者村”，道源书院作为“讲师培训基地”，决定在6月19日举办“第600场暨诗歌音乐舞剧《慧命之歌》首演”，同时举办“国际志愿者村”揭牌仪式。凝聚了丫山讲师培训二期和丫山三阶（13期）学员集体智慧的《道源揽胜》首发式也将同时举行，真是四喜临门。

从此，北京大学公益讲座在北京和丫山之间，建立起了一南一北、大城市与小乡村、人文与自然的良性互动，从而，让更多有缘接受我们服务的生命，带着光明圆融善走向慧命。

最后，题诗一首，以记北大公益讲座与丫山的奇缘——

悠然一羽游云天，独向苍穹问诗篇。
今夜银河群星灿，卧龙山谷聚神仙。
门庭车马多寂寞，道源书院笔墨宣。
九成山舍迎归客，千年转瞬弹指间。

序二

福报是做出来的*

唐向阳　大余 000 志愿者

郭老师早就安排我来这个培训班讲一讲，但想了很久，还是觉得在你们面前，我不敢讲。首先，我相当敬佩你们，敬佩你们的行动力，在当今这个多数人只讲物质的社会，你们能坚守北大公益讲座的“放下利，放下名，放下自以为是”，传播“光明圆融善”的精神，让我十分敬佩。这是当下我们社会最需要的东西。

其次，我相当羡慕你们。丫山景区的建设，现在正处于发展的最关键时刻，我实在是分不开身，而我早就有这个想法，跟大家一起出去，传播“光明圆融善”。而你们能跟着郭老师出来听，跟着出来讲，跟着出来为别人服务，一路游学，一路修行，真是很好。所以，我很羡慕你们。

这一次看到你们，让我感触最深的是：两年前，郭老师 56 岁，

* 根据唐向阳 2015 年 6 月 18 日“竹林演讲”录音整理。

像65岁；今年58岁，却像是48岁。这个是真心话。这个话，我当时跟他说过，跟唐岚也说过。我虽然不懂中医，但我很清楚，一个人的精气神，反映了很多的问题。当时，听郭老师的课，觉得很美，但是，他讲到快结束的时候，我就听出他的气不够了，所以，我就担心他的身体，而且他每天晚上还要组织志愿者分享，搞到很晚。我就对他说：你这是拼命！

但是，两年过去了，你看他现在确确实实四十几岁的样子。特别是昨天，我看到一个动作，印象非常深刻：他走在台阶上，不小心踏空了一脚，结果没倒，动作敏捷得很，算是个年轻人。这算不算是修来的福报？我想应该是。(听众掌声)

郭老师一直是做企业的，我现在还在做。但是，我们心里面有同样的东西。郭老师现在不做企业了，做公益教育。用他的影响力传播思想，用他的行动力影响身边的有缘人。我呢，也在改变，放弃了原有的企业理念，实现了一次新的突破。

我原来是开矿的。大家很清楚，开矿第一个是破坏了生态，第二个是安全事故难以避免。这都是让我心里面最难受的。为什么我不开矿了？我最难受的三件事，一场安全事故下来，我身边就有人安慰我："出一个事故没什么的，难免。"有的人打电话说："不要紧的，没什么，不就是钱的事嘛。"但是，这句话是最伤我的。因为，有些东西是钱解决不了的。让我最难受的，其实是面对遇难者的家人，想想他们的小孩，心里很难受。遇难家属站在你面前的时候，特别是人家父母来的时候，那个难受，让人根本受不了。

对于这样的事，我现在还在内疚，有一次我开车路过一个村庄，突然想到，在我当矿长的时候，有一位员工在矿难中双目失明，他们就住在这里。经过他们家门口时，心里很矛盾：不希望他们家里面有人出来，因为有人出来，你不停下来打招呼，不好；下来打招呼，你心里不知道说什么。一直到现在，内心的纠结还不时会冒出来，这件事对我的生命轨迹有很大的影响。

另一方面，我也看到了矿业资源会逐步枯竭，人类为了自身长远的利益，必须保护生态，而发展经济完全可以与保护生态相互促进，这就是旅游产业，而且旅游产业还可以承载优秀文化的传播。所以，2006 年，我决定逐步放弃矿业，开始全面转型做旅游。投资运营丫山生态旅游区项目。经过这些年的努力，丫山现在已获得国家 AAAA 级旅游景区、江西省 AAAAA 级乡村旅游点、国家森林公园、中国传统文化养生基地、国家登山基地、全国青少年户外体育活动营地、国家全民健身户外活动基地、国家居家养老示范基地、中国乡村旅游模范村等资质，尤其是我们的道源书院，将来会成为我们传承文化的基地。

每一年过完春节，浦发银行总部都要分成四个小组，到全国各贷款单位了解贷款情况，我们曾经聊到了丫山的价值。我问他们，你们为什么愿意给我们贷款？你们怎么看书院的价值？他说：首先，是市场；第二，是社会的影响。社会影响产生的财富，是真正的财富。丫山的价值，按你们的投资总额算，三年就可以翻一番。他们是搞金融的，其实金融就是说故事，如果大家都被感动了，这个东西就一定能赚钱。

我现在还在做一件公益的事，就是“章源黄埔培训”。通过连续举办几十期，为大余培养2000名女孩子。我希望这2000名女孩子，将来改变大余，因为她们从“章源黄埔”走出去之后，人生观和价值观会得到提升。我们不敢说，她们完全没有恶，全是善，但是，最起码会用善来除恶。我的实际想法是：“章源黄埔”出去的人，不一定要为我们的企业服务，只要你是合格的“章源黄埔”学员，走出去很优秀，就是对我们最大的回馈。人家一问，你怎么这么优秀？你怎么这么能干？原来是“章源黄埔”出去的，这种收益，对于企业家来说，是无形的，也是最有力量的。任何的投资公司或银行，看到我们这帮女孩子能够在企业干得这么开心，首先，说明这个企业行，说明老板行，所以，虽然“章源黄埔”是做公益，但其实我们是很受益的。正如老师说的，这是真正的造境的智慧。

从这个意义上说，我做的事与你们做的事，都是一样的，都是确确实实有益于社会。你们传播的面，会比我们更大一些，但意义都是相同的。当然，你们做得比我更辛苦，所得到的快乐，就是在听众的掌声中，看不到更实际的东西，而我们每一天都可以看到实际的东西。我们的共同点，就是我们都在做。我一直相信，自己是什么人，就能吸引到什么样的人。两年前，北大公益讲座来到了丫山，让我认识了郭老师，认识了一群蓝色志愿者。原来，我们一直都在做同一件事，两拨人马终于走在一起了，这是天意。

这次在丫山开讲师培训，今后还要来这里开一二三阶连开的课程。我感触很深，志愿者如同一支蜡烛，现在蜡烛越来越粗，越来越大了，有燃烧不尽的感觉！这是福报的显现。一个人做功德，一定有福报。这个福报，可能是在你的亲人身上，可能是留给你的下一代，也可能就是现世得报。只要做功德，一定有福报！功德，是做出来！

未来，丫山将成为北大公益讲座全球志愿者之家，成为北大公益讲座讲师的培训基地，让我们共同来打造这样一个环境，让来的人，在山水间感悟道法自然，在课堂上不断地修自己！

我就说这些，谢谢你们听我讲。

（唐向阳，男，生于1964年10月，大专学历，经济师，1992年11月加入中国共产党。1995年任大余县第二钨矿副矿长；1997~2001年年底任大余县第二钨矿矿长；2002年元月辞职下海办企业。2007年创办丫山旅游景区，现任景区董事长。大余县第十五届人民代表大会常委、赣州市第二届人大代表。荣获“中国乡村旅游致富带头人”荣誉称号）

上篇　真心语

丫山之巅，慧至何处

韩磊　大余 001 志愿者

过去的九天，对于丫山来说，着实是不一样的九天，一股蓝色旋风吹进了丫山，在绿色的海洋里徜徉。迎来第一批志愿者时，我看到山腰处那一大片杜鹃花，正在怒放。北大公益讲座三阶（13 期）课程，在美丽的丫山，终于画上圆满的句号。送走最后一批蓝色志愿者，我回头举望丫山，连续几天的绵绵细雨，也累了，该停歇一下了，薄雾笼罩的最高峰双秀峰渐渐清晰，露出了经典的“丫”字造型。

坐在办公桌前，我才确信这一切已经过去。这次三阶，梓林学长要求我们把参加课程的感想写下来，形成文字，收录到《我们共同走过》系列丛书第伍辑《道源揽胜》中。试着让自己安静下来，因为人只有在安静的时候，才能听见内心的声音。

我知道，我将要写下的，是我的心声。我们一生中都会有两次激动，一次是看到这个世界，一次是看到自己。几天来，发生了太多太多的感动，而最让我欣慰的是，透过这些发生，我看到了自己。感谢这些发生，它们像珍珠一样，散落在丫山的各个角落，需要我们捡起，串成美丽的项链。那么，就先说说我捡到的九粒珍珠吧。

第一粒　千里走单骑

4 月 5 日中午，在赣州黄金机场接到梓林学长，赶回丫山已经是下午三点，陪梓林学长和先期到达的志愿者一行参观 A 哆乡村。这个乡村是咱们丫山人仅用三个月建好的，梓林学长去年 6 月离开后，还没有来过。

不经意，我们走到了一处民房改造的乡村酒吧外。大门上，挂着一块牌子：千里走单骑。来过丫山的，想必都去过，这是为游客提供安坐、乐饮、欢唱的地方，喜爱音乐的农民小罗守在这里。梓林学长突然叫我帮他拍照，他仰着头看着远处的天空，身后是酒吧门口，千里走单骑！我一下很感动，明白梓林学长为什么要这样。他是要告诉我："你瞧，为了北大公益讲座，俺老郭千里走单骑！一意孤行，何必说憔悴！"听过《公益行》的，你一定明白我在说什么。看着这个孤独的身影，我心里一个声音跳出来：梓林学长放心吧，我们来了，满园处处君子兰！

第二粒　行李都装下了

4 月 6 日上午，讲师团的其他工作人员一行六人，安全降落赣州机场。不一会儿，电话来了，我们派去接的车是七座商务车，人能坐下，讲课的设备和行李太多了，放不下，怎么办？司机也一筹莫展。听到这个电话，好羞愧，这次丫山承办三阶，之前我们就一直策划，一定要做好！梓林学长也一再交代："把好事做好！"对呀，把好事做好，而我却没有考虑到讲师团肯定带了课程礼品、设备，6个人就是6个行李箱，商务车肯定是太挤了，而这一切，到发生了才警觉。

过了一会，又来电话了，说学长们把行李都塞进车了，已经出发了！我忽然觉得很难过："对不起，亲爱的学长们，让你们一路挤过来。"也让我看到了讲师团的认真负责，宁愿抱着行李挤回丫山，也不能让设备留在机场，去面临丢失、损坏的危险。上过三阶课的都知道，幸福的第三个层次是"别人是自己"，如果我当时能把心放在讲师团学长的身上，就会想到行李多的情况，这个发生原本是要告诉我这些细节。

第三粒　关机开机

4月7日下午、晚上，北大公益讲座为丫山带来了一二阶课程。开课前，唐岚学长发微信给我："此次一二阶的课程中，大余的志愿者不用参与服务，穿便装坐第一排，认真听一次课。"我悄悄地关了手机，第一次认真地做了笔记。

今天我整理笔记，那天一二阶讲课的情形，还历历在目，看来关了手机，的确收获更多。下课后，打开手机，发现并没有影响什么。其实并没有多么紧急的事需要看手机，现在信息爆炸，微信几乎成了人的器官之一，只要手机一响，便强迫症似地去看信息，究竟是我们在操纵手机，还是手机在操纵我们？

走路时看手机，你错过了小松鼠在路边跑过；躺在床上看手机，你错过了陪伴孩子的时间；上课时看手机，你错过了生命对你的又一次邀请……上北大公益讲座的课，你关机了吗？

第四粒　幸福在哪里

4 月 8 日，来自全国各地的 142 名志愿者在丫山开启三阶课程。晚上，我们丫山人奉上了一场民俗晚会。这晚，为丰富节目内容，我们安排了宾馆分公司排练的新节目《映山红》登台首演。前段时间，我见过这几个姑娘利用下班后的休息时间，在练功房辛苦排练的情景。这次是她们第一次登上舞台，音乐停下来时，我看到公司唐总为她们竖起了两个大拇指。

不了解丫山的人不知道，这场丫可喜演出，节目完全是丫山人自编自导自演的，土得掉渣，却真的让人流泪。他们来自厨房、前台、导游、司机……却用心地在舞台上展现丫山的梦想，我们必须鼓励她们，她们是丫山精神的形象代言人！

于是，我翘课了，晚会结束后，本来还有一个半小时的三阶课程。我悄悄地带着演员，去吃夜宵！当酒杯举起，看到她们的笑脸时，我灵光一现，这次三阶课程的题目是“幸福是想出来的吗？”四天三晚的课程，我们都感觉很幸福，然而，幸福绝不仅仅在课堂的感动里，而是终究要到生活中来。看到这群人，我有了答案：幸福是做出来的！

第五粒　我们这十年

4 月 9 日，我被邀请上台分享，恰恰又是在看完几部感人的短片后。我心想，这是让人哭的气氛啊。站到台前，果然忍不住哭了出来。一下子，我就很想跟大家分享在丫山走过的这十年。

2006 年，唐总的父亲带着唐总、小唐和我，第一次走上这片土地，我当时还有些迷路。十年过去了，如今的丫山，已经阡陌相通，景色迷人。我问过唐总：“你为什么要开发这样一处没有什么特别优势资源的地方？”他说：“这是我的家乡，我要回报这片土地，让这里的人，拥有幸福。最后的丫山，将引领一种新的旅游方式、生活模式、文化符号。”

正是带着这样的梦想，十年艰辛不言苦，我们与这里的山民，造了一个巨大的境，在这个境里，人们安居乐业，光明圆融；在这个境里，万物生长，道法自然。分享时，我说你有多大的愿，要做多大的事，就要受多大的苦，就会有多大的得，这就是丫山的十年和未来的千年！

第六粒　四罐奶粉

4月10日晚上，音乐疗愈。这是我第二次参加音乐疗愈，上次是在泰山脚下，而这次是在丫山腹地。我抱着认真听听看的心态，坐在了梓林学长和唐岚学长的对面。

音乐响起，内心越来越平静，那些跳动的音符，像一群精灵，盘旋在脑海里。第二首音乐响起，唐岚学长轻声说：“让我们跟着音乐的旋律，去用力地观想父母的好……”我一听到“父母”两个字，瞬间就想流泪。是啊，我出生在北方一个平凡的农民家庭。小时候，记忆里爸爸总是凌晨四点起床，骑着自行车，搭着几百斤的货物去一百公里外的山区吆喝，如今他已经老了；记得5岁时，有次着凉生病，妈妈整晚抱着我走动，因为我一躺下就烦躁大哭……音乐里，我们做回了孩子。

下课后，开始小组分享，我悄悄地溜出教室，给妈妈打电话，听到我的声音，她高兴得笑了起来。家虽然在几千公里外的北方，但其实就在我们的心上。挂了电话，打开淘宝，给爸爸妈妈买了四罐低糖的补钙奶粉，把这一课赶紧补上。感谢音乐疗愈！感谢北大公益讲座！

第七粒　我的泰山

4 月 11 日，课程进入尾声。上午，梓林学长邀请唐总和我上台一起分享。说实话，真的挺紧张。我调侃道："俗话说泰山压顶，今天与岳父大人同台，来与大家分享，真有种飙汗的感觉。"其实我心里知道，泰山从没有压顶，岳父一直是让我站在他的肩膀上，他教给了我做事先做人、遇事练本事、时间能解决一切等智慧，不断要求我要把心放在员工身上，不要去开小船，要打造好丫山这艘大船！

想起去年登上泰山时，一望无际，空山幽谷，真心谢"泰山"！让那么多人，站在你的肩膀上，眺望着远方回家的路！所以，今天借助这篇文章正式更正 11 日上午的开场分享，不是"泰山压顶"，而是感谢"泰山"！

第八粒　心牢

4 月 12 日，结束丫山三阶课程的第二天，随讲师团来到了赣州监狱。第一次走进监狱，和我想象的真不一样，虽然墙非常高，布满了铁丝网，到处是警卫警觉的眼神和冰冷的铁窗，但当我和唐岚学长走在通往监区的路上时，我们竟莫名地同时闻到了一阵扑鼻的香，好香，像桂花，又像百合，我们都觉得真奇怪。

巨大的铁门打开，我们随着监狱长穿过一道道安检、小铁门、大铁门，来到监区的院子里。远远的，排成一列的一群黄马甲的人，正在原地踏步。我知道那就是服刑人员了，心里升腾起一丝丝紧张。

突然，似乎是一名狱警下了指令，那些黄马甲齐刷刷的蹲了下去，动作统一得让人鼻子一酸。他们在等我们先进场。容不得多想，穿着蓝色志愿者服的我们，就来到了他们身旁。我望向那片黄色，各种目光扫来，我发现几乎都是一些年轻的孩子，心里不断地盘旋着两个字："孩子"！会场门口，我们赶紧排好了两列欢迎的队伍，准备迎接1000名服刑人员入场。

第一批走了过来。他们每人手里拎着一张塑料凳子，在警察的引导下，向我们走来。微微的细雨中，我看到他们有两种人，一种似乎是有些羞愧，穿过我们鼓掌的蓝色志愿者队列时，低着头，不敢看着我们；还有一种，眼神中满满的疑问、戾气，甚至是面无表情地走进会场。我用眼角余光，看到身边的女学长，一直在流眼泪。

我想，她们一定和我一样，面对这1000个做错了事的“孩子”，想到他们背后那1000个故事、1000个破碎的家庭而觉得好难过。

黄马甲的队伍，一批批走进大礼堂。看着他们，我在想，他们一定盼着早日走出高墙，重获新生，重获自由，与高墙外的我们一样，得到家庭的温暖！想到这，我慢慢平静了下来，一点也不害怕了，努力地去看黄色人流里的一切目光，把自己的目光迎上去，微笑，鼓励。

课程开始后，我们照例要走上台给这1000人鞠躬，这回，轮到我们从后面穿过方阵的中间通道。我带着一行28位志愿者，穿过他们长长的通道，走上讲台，深深地向这1000多个生命鞠了一躬。是的，要感谢这1000多个生命，给我们上了如此生动的一课，看到他们，你会暗下决心，永不犯错；看到他们，你会慈悲地弯下腰，祝福他们越来越好！

课程快结束时，下起了大暴雨，雨点打在会场的屋顶上噼里啪啦作响。就在这片天空下，就在这个城市的边缘，就在这个会场，我们呼吸着同样的空气，被同一场雨包裹着。梓林学长说：“假如自由明天来临，你们准备好了吗？”会场1000人大声喊道：“准备好了！准备好了！准备好了！”喊声中，我想起了生活在高墙外的我们，是身在福中不知福，经常浪费着宝贵的时间。被情绪掌控，对别人大发雷霆，且经常受欲望指使，迷失在田野上，一直看不到真实的自己。

其实，人人心中都有一座牢房，那是“心牢”。我们要用自己快乐和让别人快乐的功课，把它打开，让它自由翱翔！记得课程开始前，我拍了一张照片发到部门的群里，我说：“远远的，几名穿黄色衣服的服刑人员和我们几名穿蓝色衣服的志愿者遥遥相望。”一名同事回复：“中间隔着光明圆融善。”我回复：“中间充满光明圆融善！”

第九粒　一条小蚯蚓

今天不用去监狱上课，我的任务是陪两名北京来的年长志愿者，到赣州城里走一走。我们一行四人，爬上郁孤台，眺望大赣江，穿过古城墙，走进蒋经国旧居。一路上，我为老人家介绍赣州的历史文化、蒋经国在赣南的过往。在旧居的院子里，忽然，同行的贺奶奶哎哟一声弯下了腰。我转身一看，原来是石板地上有一条小蚯蚓，贺奶奶正拿着一根小树枝，努力地想把它挑起来。

我的心，瞬间感动了。70 多岁的奶奶，用那段小树枝，完成着对另一个生命的付出，整个场景，就像一曲流淌的音乐，原来，美好的东西，都是相通的。终于，她挑起了小蚯蚓，然后把它放到了树下松软的泥土上，说：“在石板上，它就活不了了。”微风里，我仿佛听见蚯蚓在歌唱。

好了，总算可以说说丫为谁来了。课程的最后一天，我和梓林学长及唐总等人一起用餐。席间，梓林学长说他想了想，丫山的“丫”字，有个新解释：“‘丫’字的三笔是三个男人：唐向阳、唐英斌、韩磊，用十年的时间，打造了这样一个人间仙境。”唐总听了，马上说：“这个不好，太小气了，而且也不是我们三个人的功劳。”梓林学长，脑子转得快，马上改口说：“‘丫’字的三笔，正好与北大公益讲座的‘三文主义’相符——‘文以载道’是那一竖，‘美文传道’

和‘以文修身’，就是上面的那两笔。”大家不约而同地鼓起掌来，表示赞同。

梓林学长当即给我布置了任务，写篇文章，题目就是《丫山之巅，慧至何处》。

十年来，我一直在研究丫山。丫山，究竟从何年何月开始叫丫山，我也不知道，但是最高峰两峰尖削，呈“丫”字，最早叫“双秀峰”是在宋朝，当时南安知军黄铎命名的。

通过这样一次三阶，我也想解读一下丫山的“丫”字。“丫”字三笔构成，上面两笔汇成一竖，正如我们在修行中，需要慈悲与智慧合一，知与行合一，阴与阳合一，天与地合一，人与我合一。我认为这是宇宙留下的密码。恰似梓林学长解释“慧”字，上面两个“丰”，下面一颗心，五五二十五，悲智双运。第二，“丫”字，三笔均等，合向一处，丫山是身、心、灵三处合一的修行好地方。

至于慧至何处，陈珂学长给出了很好的解答：“慧至何处，归于尘土。”说我们最终要扎根于大自然，根植于最平凡之处，去成就更好的自己。

丫山三阶过后，梓林学长说，这次，北大公益讲座终于有了丫山这个基地，未来还要在这里组建“国际志愿者村”，让越来越多的人，来到丫山，在这片土地上找回欢乐，享受付出。

我用以上所有文字做出回答：“丫山之巅，慧至尘土。”

是以为记！

“双灵之旅”

——从灵动的生命到灵秀的丫山

鲁瑞清 北京 248 志愿者

北大公益讲座第三阶（第 13 期），2016 年 4 月 8 日至 11 日在江西大余丫山举行，4 月 7 日还举办了两场一二阶连开的“慧命之旅”。我更愿意将这次的一二三阶连开称为“双灵之旅”。理由是：今年是灵动的猴年；这里，是灵动的丫山。“双灵之旅”，名副其实！五天四夜，细细品味，收获满满。

丫山三阶前大约半个月，我始终被严重的鼻炎困扰着。拼命流泪、流鼻涕、打喷嚏。还担心上不了课，结果到了丫山，症状马上就缓解了，想来完全得助于这里的负氧离子含量巨高。

多年来，我一直保持着晚上 10 点半入睡的习惯。这次三阶，对我的生活习惯是一次严重挑战。一天三个单元的课程超过 9 个小时，晚上 12 点能上床已经很不错。而这次我不仅当了组长，还见缝插针地拍摄影视资料，加上整理资料，需要花费很多时间。

偏偏这一次陈珂学长也来参加三阶，每天晚上在怀云茶亭兴致盎然地召开独家分享会，但总是从深夜12点开始。因为被他渊博的知识、诙谐的谈吐、率真的性格深深吸引，连续两个夜晚，我们都搞到凌晨3点才上床。又赶上两个中午没有休息时间，每天不足4小时睡眠，多年没有过。居然，在课程中没有任何瞌睡，也算一个小小的奇迹。

另外，我的腰椎间盘突出虽有好转，也只是控制到症状减轻的程度。这次每天9个小时的课程，的确是一个严峻的考验。奇怪的是五天四晚下来，居然没有明显不适的感觉。细细想来，一是课程吸引力太大，神经高度兴奋；二是丫山氧气太足，大自然提供的能量超强；三是道场正气俱足，满满的正能量啊！

是的！当你住在云雾穿门而入的酒店，当你处于虫鸣伴你入眠的仙境，当你一杯清茶眺望远方可以静静发呆忘却时间，当你头顶蓝天触手可及白云，当你呼吸着清洁、舒适的空气，当你行走在朱红色的山间栈道上，当你徜徉在花海当中……你还有什么理由疲倦呢？

这次丫山三阶，还有一个最大的收获是，找回了渐渐淡去的初心。记得最初听北大公益讲座的时候，经常为之动容。但跟随时间长了，场次多了，慢慢那颗初心就开始淡化。特别是做了主持人、讲师，对全部授课内容越来越熟悉之后，不再有最初的那份情不自禁的感动，课程的内容似乎都是讲给别人听的故事，特别是在自己能够登台独立开讲一二阶课程之后。

而这次三阶，也许是因为来到了丫山这个灵秀之地的缘故，我又找回了两年前听300场时的那份初心。

三阶课程一开始，《静心》《回家的路》和《灵魂的求诉》的配乐朗诵一下子就把我带回了两年前第一次听课时的状态。眼睛开始发热，分明有湿润的液体从内向外流出。

盲人女孩追求梦想的生命故事再次让我落泪，梓林学长在解读视频时也当场洒泪，哽咽到说不出话来。这样的真情再现，这是初心回归呀！杨玲学长朗诵《灵魂的守望》时，我放下手中的相机，闭上眼睛静静地听，默默地流泪。宝翠和刘念学长朗诵《妈妈，我想对您说》和《孩子，真的对不起》，依旧催人泪下。流泪是一份情感，一份感动，一份初心……

是啊！人能找回这份初心不容易，保持初心更是难事。因为，我们这个世俗的世界，太容易让人迷失自己了！为什么要来北大公益讲座，为什么要长期跟随、追随，找回并保持那颗初心，难道不是一种内在的需求吗？

通过丫山三阶课程，聆听了各位学长的分享，特别是陈珂学长在怀云茶亭的夜场分享，我对一些还没整明白的问题又有了新的认识。

人，来到这个世界上，应该怎样活着？这是对人的千年拷问。北大公益讲座试图破解这个密码，但密码并不唯一，而是每个人都有自己不同的密码。准确地说，北大公益讲座只是希望帮助志愿者，营造破解的道场，找到属于自己的一种破解方法。

成功和成就的根本区别是什么？一字之差吗？经典给出了结论：成功，从根本上说是利己；成就，从根本上说是利他。

智慧是什么？第一阶课程中的慧命，我讲了十来次，始终没有搞明白。陈珂学长一席话，让我如梦初醒。慧命的本质就是两个字：利他。利他，这是大爱，无差别的爱。佛家讲“普度众生”，神讲“爱所有的人”。现实生活中，绝大多数人，只能在一个不大的圈子里付出自己的爱，夫妻、家庭、社交圈等。更有那么些人，连自己都不爱，更谈不上爱他人了。作为凡人的我们，虽然很难达到“佛”和“神”的境界，但高山仰止，虽不能至，心向往之。

丫山，北大公益讲座的福地！丫山，我的福地！

一段无尽缘

杨玲　北京 024 志愿者

很久很久，没有这样了，要为一次旅行写下感悟；很久很久，没有这样了，会为一堂课程如此感动，我知道，北京大学公益讲座，与我注定是无尽因缘！

丫山三阶，对别人来说，或许只是一次旅行抑或一堂课程；四天三晚，对我来说，却是人生旅途中的一次奇遇；这是一次自我的救赎，是一次灵魂的重生。

原来的我，已经死了，而且死了很长时间，只是不觉；丫山三阶，带给了我重大的发现，让我清醒；这是一群蓝精灵送给我的最大最好的礼物。

曾经，我是一个理想主义者，充满正义，满怀激情；曾经，我是一个现实主义者，承担责任，永不言败，自以为有一份慈悲，就足以风雨无阻，勇往直前。

过去的我，没有怀疑，没有顾忌，毫无保留；过去的我，一片真心，一腔热血，一往情深；结果是，曾经沧海难为水，除却巫山不是云。

我已死去，在不知不觉的前行中，我已死去；在自以为是的执着里，在使命感的遮蔽下，我完全丢失了自己。

是北京大学公益讲座，如微风习习，细雨纷纷；是一群蓝色的志愿者，用真诚的付出，浸润我心田；在回家的漫漫路上，沉睡已久的心灵，重新被唤醒。

晨曦的霞光里，那轻歌曼舞的生灵，多么自由自在，山谷间的低吟浅唱，回荡着万古先贤、朗朗乾坤的悠悠风骨；是丫山的圣灵，赋予了我生命本自具足的光和爱。

时光如水，生命如歌，在匆匆的岁月里，体验过无数的悲喜交集和哀怨情殇，留给生命的已然是数不清的感动和看不尽的美丽。

我真切地听到了，心灵深处那淌着泪水的独白；我真实地看到了，以身不由己为借口知而不行的焦虑；我醒了，我真的醒了，我的激情被焕发，我的灵魂已回家。

一切是自己，自己是一切，自己是自己；敞开胸怀，让阳光和雨露洒遍生命的每个角落，我已经彻悟：生命的圆满，只有靠自己去践行。

舒展眉头，让幸福和快乐从此全部写在脸上；打开心扉，让生命在怒放中创造美好的未来。丫山，我已记住：走向慧命是上天爱的邀请……

讲座缘，丫山情

吕静　深圳 003 志愿者

走进 2016 年，北大公益讲座就走进第六个年头了。按照我从商的经验，只要敢想敢做，凡事坚持，每过五年，事业就一定会上一个新台阶。事业如此，何况是北大公益讲座，我将其视为我的命业，而且已经坚持走了四年！

北大公益讲座今年 4 月已经确定落地大余丫山，“国际志愿者村”即将在这里挂牌，这是讲座在走过 500 场之后，又一新的里程碑！

何谓事业？何谓命业？梓林学长告诉我们：“事业”是必须传承和让渡的，最后终究是要交给年轻人去做的，而“命业”则是伴随着自己的灵魂，一直可以走到终点。

正是抱着这个信念，我在事业如日中天的时刻，选择了放下事业，重新规划自己的人生。因为事业已尝试过，经历过，证明过，该得到的都已得到，早已心满意足！放下事业并不等于不在，而是让自己成为年轻人快速成长的环境，不做英雄，而是要做赢家。命业已定，初心依然，接下来唯有去做，才能到。因为北大公益讲座是“讲做”，要去做对人有帮助的事。

今年春节过后，我马不停蹄地“浸泡”在北大公益讲座快乐付出之中。从“珠江三角洲公益行”开始，独自开车去广州机场接讲师团，参加广州的全程服务，继而在深圳带着 80 岁的母亲听完整整两天的第一二阶的完整版讲座。然后，带着女儿，第二次赶赴湖南湘乡东山学校，践行我们的“十年之约”，并首次上台为三千中学生开讲“未来不是梦”“自我与人生”，接着再飞往北京，与梓林学长、唐岚学长在录音棚录制北大公益讲座原创散文诗，第二天参加“为你读诗”诗歌音乐节晚会，并参加了诗歌音乐舞剧《慧命之歌》的创作筹备会……

在猴年伊始的短短两个多月时间里，我已经马不停蹄“三上丫山”。第一次是带着母亲及家人享受天伦之乐，第二次是和唐岚学长一起去为丫山三阶（13 期）做前期筹备工作，第三次就是参加了丫山三阶（13 期）课程，课程期间，参与并导演了诗歌音乐舞剧《慧命之歌》的彩排。这四天三晚，与来自全国各地的学长们朝夕相处，真心分享，日子过得充实有趣，幸福感在伴随众多生命的成长中，油然而生！

其实，这种幸福感，是从今年的春节开始的。当先生问我：“春节全家去哪儿度假？”我连想都没想便脱口而出，并且十分肯定地回答：“丫山！”先生有些不情愿，曾经去过国内外无数名山大川的他，对名不见经传的丫山，的确有些心怀不屑。还好我和先生一直分工明确，家中大事他做主，好像旅游这样的小事，由我说了算，管他三七二十一，定了再说。

先生有所不知，丫山是我 2013 年去过之后，就一直怀念并希望再次到访的地方，因为除了它自然风景秀美，还有它的人文之美！那一次丫山董事长唐总对志愿者们盛情款待，不仅为我们提供最好的住宿，还用最好的有机食品招待我们。席间他讲到为什么做丫山这个项目，话语之中充满了对大自然的敬畏，饱含着对家乡人民的爱。唐总告诉我们，他这一生的梦想就是要为父老乡亲留下一座美丽的、极具人文价值和经济价值的丫山。那时，道源书院还在建设之中，而唐总事事亲力亲为，对大自然尽力做到最大限度的保护，我们同行的志愿者都打心眼里敬佩他。而那天晚上，丫山员工们自编自导自演的晚会，更是精彩纷呈，让大家一饱眼福，不能忘怀，我们感受到了一种从来没有过的特别的快乐！

今年春节，我带着母亲和家人如期来到丫山，与亲人们享受团聚的美好时光。年近80岁的母亲是我生命中最重要的人之一，我放下事业、关注命业的首要功课，便是陪伴她环球旅行，这也是北大公益讲座让我深刻领悟到的知行合一：只有做到，才是真知。以前忙于事业的我，实在是疏于陪伴操劳大半辈子的母亲，所以，我下定决心，带着自己去做，并制定了一个“带着妈妈去旅行”计划，第一站首选丫山。

在韩磊学长的精心安排与处处照顾下，我们就像回到家一样，倍感温馨和亲切。同样也是四天三晚的活动，节目安排得丰富多彩，焰火表演、篝火晚会，处处洋溢着节日的气氛，老人家们也情不自禁地跟着年轻人一起跳起欢快的舞蹈。最能体现家庭团队合作的项目是在“A哆快乐厨房”自助做饭。全家个个动手，从摘菜，生火，安排菜式开始，大家互相配合，切切煮煮，一来个钟头，一桌美食就摆上了餐桌。看着大家狼吞虎咽、欢欣雀跃的样子，我就在想：丫山的确是一个维护家庭关系的好地方。

几天下来，通过韩磊学长的陪伴和介绍，当听到道源书院八个月完工，A哆花海客栈三月建成时，先生不禁惊叹丫山人的速度，由衷地被他们雷厉风行、踏实做事的精神所感动。事后，先生告诉我：在大余这样一个小小的县城边上，能做出如此优质服务又有人文精神的国家AAAA景区，实属不易，这背后一定有着动人的故事和巨大的付出。

是的，在丫山三阶（13期）的课程中，韩磊学长流着泪水，分享了十年来的艰辛和坚守，那份“男儿有泪不轻弹”的真情分享，深深地印在我的脑海之中，那是一份多么难能可贵的对梦想的执着追求，丫山人就是以这样一种坚韧不拔的精神，在悉心建设着心中的美好家园，坚实地走在让梦想成真的道路上。

丫山现在已经成为北大公益讲座志愿者之家，我们家庭也因北大公益讲座而与丫山结下深厚的情谊。每一次享受着丫山的宁静，我都坚定自己践行命业的初心，那就是希望创造一个快乐的环境——一个让人们都能够成长的环境。与先生讨论过，我们已经确定将每年的“家族分享会”放在丫山举办，我们还确定将丫山作为我们公司的培训基地，带领同事们从繁忙的工作中回归大自然，享受生命的美好。

通过北大公益讲座这个平台，我认识了一批又一批有缘人，在丫山这样一个神奇而美丽的地方，我们见证了彼此的共同学习共同成长。我们有理由相信：当讲座的缘、丫山的情，交织在一起的时候，一股股善的力量必然会升发出来，使我们都能拥有一个更好的自己。

四年后的我，越来越坚信自己前行的方向：勇敢去做，就对了！

傻傻听，真实行

刘建新　济南 100 志愿者

丫山，远在天边，想说爱你，真不容易，没有直线航班，趁机携太太坐火车卧铺。从济南到赣州，用 20 个小时重温初恋的感觉，享受了一把哐叽哐叽的慢生活，聊了好多好多的关于被她“骗”进北大公益讲座之后的发生……

这回，可是我把她硬拽到丫山来的，诚心想让她一同领略：草色遥看，野花竞放，山高水长，云海天边。

世界非著名景区——丫山，究竟是以何种魅力，让海内外 140 多位北大公益讲座的志愿者，如此心驰神往，风尘仆仆，齐聚一堂？丫山三阶（13 期）究竟会有什么样的发生？这是我们夫妻俩，也是所有学长带着好奇共同期待解密的问题。

去年 6 月 19 日，参加完丫山讲师培训（2 期）后，由我独立导演、拍摄、剪辑制作的微电影《美哉丫山》，成为我所有作品中网上点击率最高的一部，从此，志气大增。由此，才敢向梓林学长立军令状：为本次丫山三阶（13 期）拍一部更上一层楼的《逐梦丫山》。事先还添置了不少设备——这也是拽上太太同行的重要理由之一。

我们是 4 月 6 日提前到达丫山的，为的是在各地学长到达前，能够陪同第一次上丫山的太太许红学长，在景区走走看看，因为一旦进入课程，进入拍摄状态，我一定是无暇陪同，分身无术啊。

我知道，这次自己身上的任务很重：要负责拍外景，还有航拍，还要负责拍摄课程中学长们的精彩分享。

可是万万没想到：这次三阶，居然又被指定为组长，带领十位素不相识，来自不同地方，年龄、职业相差很大的男女老少志愿者，要在四天三晚的学习中，完成三阶全部的课程。当听到唐岚学长当众宣布“第七组组长：刘建新”时，我的头都要炸了！这一定是梓林学长在锲而不舍地“修理”我，他实在是太“爱”我了，我抹了一把汗，只有欣然接受。

在三阶课程中当组长，是要站在台上发表就职感言的。我重点分享了三个字：“傻傻听。”这是我走进北大公益讲座得到的最经典的“三字箴言”，也是让我大开悟的三个字。

或许是因为时间有限，我在台上没把它解释清楚。在第一晚的小组长“卓越会”上，居然听到有组长反映，他们的组员将“傻傻听”创造性误读为：来参加三阶只需要“傻傻听”，不用说话，并且以此为由，在小组分享会上谢绝发言……听到这样的反映，我真是哭笑不得！转念一想，由衷地感到惭愧，自己连这么简单的三个字都没有给人解释清楚，何况要站在台上去当讲师，要用自己的做到，证明全部的说是真实不虚呢？

其实，以前的我，就是那个做不到“傻傻听”的人。去到哪里，都是抢话头，只有我讲的份，别人说话，根本听不进，更别说“傻傻听”了。

融入了北大公益讲座的这个环境，我才开始慢慢学习放空自己，谦卑地并真实地面对自己，努力让自己做到：少说多听。我终于了解：不说话，并不代表没有思想，而一个喋喋不休、满腹意见、不愿改变自己的人，终究也好不到哪里去。

在丫山三阶（13 期），我透过第五只眼——镜头，悉心观察，发现有一部分学长是在三阶课程过半后，才进入“傻傻听”的状态，这让我看到了过去的自己。

北大公益讲座是一堂非灌输的课程，三阶课程更是“精心设计的随意发挥”。授课时间，还不足全部课时的百分之五十。直到结业，大家才明白，其实我们并不是来“听”课的，而是在参与的过程中，全方位调动我们的每一个感官，来感受当下这一切的发生，从中发现生命内在应有的品质。其实在三阶的课程当中，每一位学员既是听众，同时也是课程的原创者。

这样一种体验式的课程，只有进入“傻傻听”的状态，才能换得一个宽广圆润的自己，从而能够倾尽心中的浊流污水，让善与爱的清泉，由内而外涓涓流出，犹如丫山瀑布，飞流直下，涤荡内心，真正获取一个全新的自己。

而过去的我们，实在是太对了，太精了，太满了，太快了，太自以为是了，所以，失去了安静、坚韧、笃定的品格，失去了善良、诚恳、真实的性情，渐渐地变得虚假起来，以致自欺欺人，并且还不断抱怨：“为什么会是这样？”“为什么是我？”“难道是我的错吗？”

短短四天三晚的北大公益讲座三阶课程，让学员学习变得“静一点”，变得“傻一点”，变得“纯一点”，因为在这片如梦似幻的丫山净土，没有欺骗，没有防范，没有推销，没有谎言，一切都回归自然，如同丫山的青山绿水，天然洁净。

“傻傻听”其实是送给我自己的最好礼物，是它让我打开心灵之门，迎接那个久违的“信”字。生命中曾经的那份“信”，由于岁月的蹉跎，蒙上了光阴的尘埃，现在我找回了那份“信”，我相信我的相信！这让我对自己的未来更有信心。

曾经的我，早早地为自己描绘好了 50 岁之后的人生画面：喝茶打牌、养花遛狗、云游世界……来到北大公益讲座之后，才猛地惊醒：我不能那样“等死”，我更愿意带着一个真实的自己，重新开始做，去做自己喜欢且对人有帮助的事，因为人生绝不能单调贫乏，不能失去诗意与创造。于是，我开始从反思到行动。

从去年 10 月开始，我在济南开讲了 10 场北大公益讲座的延伸课程——“梦想者的天堂”，认真回味，最感动自己的四场，都是为孩子们开的。

和孩子们在一起是一种享受，它让我追忆起了自己最原始的梦想：做一名普通的教师，为孩子们提供成长的环境。

我看到孩子们坐在低矮的凳子上，仰着头专注地看着我，眼神中传递的那份信任与托付是难以用言语表达的。原以为他们年纪太小，听不太懂这样的课程，但，后来才知道，以为他们听不懂，其实是大人的自以为是。

从孩子分享中，我发现他们的理解能力，真是令人吃惊。由此也让我内心萌发出一种强烈的意愿：我愿意倾注后半生之力，为孩子们真实地去做，去做对他们有帮助的事情。

作为一个紧紧跟随两年的资深志愿者，我已经学会了在付出之中获得付出的享受；作为一名预备讲师，在“说”与“行”的过程中，我已经找到了“帮助别人其实就是成就自己”的人生真谛。

我一直都相信：在北大公益讲座的路上，只有做，才能到；只要去做到了，就不会再有得与失的纠结。

事实上，从“傻傻”地听，到真实地行，所要到达的极致，就是溯本还原：真正地放下一切。只有当你足以放下一切的时候，智慧也就从中生发出来了。

我爱你——的啦桥

王天福　北京 478 志愿者

“A 哆”是客家方言，表达惊讶、惊喜之意。“的啦”是北大公益讲座的专用语，表示一切都会过去。从盘山公路走进 A 哆乡村，要经过的这座桥，就是的啦桥。

这是一座跨越峡谷的悬索空中吊桥，全长 138 米，宽 2 米，可一次承载 600 余人，落成于 2015 年 9 月。远远望去，两头的塔架高高耸立在南北两岸，数根塔架伸向桥面的斜拉索组成平面状，中间凹成一条摇篮式空中长廊。

雄伟的桥塔、强劲的拉索，与舒展的桥道紧紧相连，如同两位巨人展开手臂把桥体从峡谷中托起，又像一条巨龙横卧在峡谷之间，从远处望去，如天上一道绚丽的彩虹，把两岸连接了起来。桥上两侧上下拉索间挂满一串串五彩缤纷的游子许愿牌，把吊桥装点得更添了几分喜气！

过桥之前，导游会向游客解说："各位游客，现在我们将要走过的这座桥，是全世界最具人文意义的桥。虽然，这座桥始建于2015年，但它却得到了宇宙人的启示，并传导了一个宇宙最重要的法则。请游客在过桥时，悉心体会宇宙给我们暗示。这座的啦桥所喻示的宇宙法则，究竟是什么，过桥之后，我们会给大家揭晓。"

2016年4月8日上午，在北大公益讲座三阶课程正式开始前，来自全国各地的蓝色志愿者，参加了过吊桥的航拍。面对桥下河流奔腾，天上细雨绵绵，志愿者们身着蓝色志愿者服，个个精神抖擞，人人仰首微笑，纷纷伸展双臂呈现出"丫"字形，"光明圆融善"的欢呼声响彻山谷波涛之间。

吊桥上百余名蓝色志愿者，年龄从"30后"到"00后"，最大年纪84岁，最小年纪12岁，不论是历经沧桑，还是初出茅庐，共同漫步在这座通往梦想和幸福的桥上，居然没有人畏惧，没有人掉队。过桥时，蓦然回首，抬眼望去，天空不再下雨，朵朵祥云在山顶萦绕，身边绿林山野相拥，不禁浸入无我状态。悠悠晃动的桥身，让人有履云踏雾的感觉。

过桥之后，触景生情，我不禁回想起课程中的那句话："一切都会过去的啦！"是的，曾经的"一条红领巾"都过去的啦，曾经的"一官半职"都过去的啦，曾经的"事业成功"都过去的啦，曾经的"儿女情长"都过去的啦，曾经的"退休忧愁"都过去的啦……一切的一切都会过去的啦，过去了，就自然可以放下，放下了，自然就会快乐幸福。

置身于别具一格的三阶场景式课程中，步入梦寐以求的佳境，生活在一个幸福的大家庭，这并非天方夜谭。一群"无组织、无纪律、无收入"的志愿者，自由抱团甘愿付出，进而在付出中享受着幸福。

课堂内外，不谈自家房子有多大，而是倾听房子里的笑声有多甜；不比开豪华车，而是关心能平安回家；不看存款钱财有多少，而是注重身心自由、做自己喜欢的事情；不是要吃有多好，而是崇尚健康长寿……在这个大家庭里，不分宗族，不讲国别，年迈体弱者有人关照，遗失东西会物归原主，不存在尔虞我诈，从无发生口角纠纷，人人开心，天天快乐！真是一派其乐融融的天堂缩影。

“丫山国际志愿者村”即将在这里揭牌，四天三晚实在太短，在离开丫山之前，我又走了一遍的啦桥，但见那郁郁葱葱的山坡野岭上，火火红红的映山红，在青山绿树之间竞蓬霞蔚，一团团一簇簇，开得那么热烈、那么绚丽，正像白居易所描绘的：“花中此物是西施，芙蓉芍药皆嫫母。”

我爱你——的啦桥！

我相信那是幸福的天堂！

丫山新语

贾春霞　济南 157 志愿者

2015 年 6 月，我在丫山参加了北大公益讲座讲师培训（2 期）。时隔近一年，课程内容早已忘得差不多了，只是那份感动还留在心里。忘不了在道源书院的太极广场边，看到一朵睡莲开放时的潸然泪下；忘不了看到景区垃圾筐上“寂灭”与“轮回”的木牌时，对生死的幡然醒悟；忘不了听唐董事长说要建千年书院时，对自己灵魂的质问：一千年前你是谁，一千年后谁是你？

2016 年 4 月 7 日，我又一次来到灵秀丫山，参加北大公益讲座三阶（13 期）课程。四天三晚与来自全球的 141 名志愿者一起探讨幸福的真谛！头两晚和好友赵霞在课后聊天，分享当天的学习心得；第三晚，去怀云茶亭泡茶品茗，听陈珂学长分享人生智慧，直到深夜两点多，才恋恋不舍回房睡觉！

在禅音绕梁的九成山舍客房里，在 A 哆活动中心的课堂上，在花海客栈前大片大片的花丛中，在长长的的啦桥两边挂满祝福的风铃声中，在满山遍野的映山红里，在云雾缭绕的崇山峻岭中，在蜿蜒的山路上盘旋的眩晕中，在竹林深处听雨后春笋拔节生长的响声中，在一阶课程“飞天”后的寂寥中，在音乐疗愈时的音符中，在诗歌音乐舞剧的表演中，在丫山联欢晚会的山歌中，在第一天到达时梓林学长和韩磊学长给我们每个人的大大拥抱中，在听说中戏教授陈珂学长和我们分在一组共同学习时的激动中，在姚洁学长背着双肩包跑跳着过来兴奋地对我说，陈珂学长就住在我们隔壁，和我们做邻居时的惊喜中，在雨后去山上拍野生杜鹃花外景，为防止滑倒，学长们自发手牵着手，等下至山腰停稳后，定睛一看和我牵手在花丛中的竟是“清新帝王”——日本001程波大咖时的诧异中……在半睡半醒间，在如梦如幻中，我找到了自己。孟婆汤会让人忘却前世来生，却抹不掉那份停留在时空中的生命悸动！在丫山喃喃耳语声中，我看到了自己的前世今生！

一千年前，我本是赤霞仙子乘驾的一团云霞，主要负责赤霞真君春日出行时的工作。夏、秋、冬三日休班，可以自由支配时间，除了休息，还可以各处云游，逍遥自在，好不快活！但好景不长，有一次去人间仙境丫山游玩，因贪恋美景，流连忘返，玩累了便于百花丛中昏昏睡去。等到一觉醒来，已误了春时。赤霞君大怒，遂将我贬至丫山山顶做一株睡莲。幸得道源瀑布水流飞溅，得其滋润，才侥幸活了下来！但身体根植于淤泥之中，失去了往日的自由。

刚开始几年，我心中愤愤不平，总在抱怨赤霞君对我的惩罚过于严厉。也会做一些无谓的挣扎，可是越挣扎陷得越深！后来慢慢接受了现实，开始忏悔自己的过失。当我悔过自新时，新芽从水中生出，露出尖尖角来，让我重新审视这个崭新的世界。这时山风从身边轻轻吹过，送来清新温润的空气，夹杂着花香、果香和泥土的芬芳。我深深地吸了一口，感到无比的清爽与久违的惬意！太阳透过树叶零星散落在我身上，暖暖的，像满目的珍宝在闪闪发光，我伸了伸懒腰，舒展开卷曲的枝叶，开始接受阳光的馈赠！捆绑在身上的绳索，此刻也渐渐松弛下来，伸入泥土变成根须，为我汲取养分！我在大自然中重获新生！有机会重新体悟千年的轮回，感恩一切的发生！

在丫山天然环境的滋养中，我渐渐开出一朵莲花，日出开放，日落含苞，静静汲取天地之灵气。山中的梅兰竹菊，都成为我的挚友，花草树木和我遥遥呼应！蝴蝶、青蛙、小鸟、虫鱼等小动物成了我的玩伴，日日陪我捉迷藏、过家家！山中无聊的日月，也开始变得有趣又有味！直到有一天，有个书生模样的人上山来发现了我，欣喜之余将我请进了濂溪，日日爱护有加，使我有了一处安稳的居所。

此人便是少年聪慧、志存高远、博学力行、有古人之风的濂溪先生周敦颐，因做《爱莲说》《太极图说》传世，并开创理学先河。濂溪先生创办书院，我便被移至书院前的鱼缸中。日日听先生和学生谈经论道，得先生授业解惑！“惟人也，得天地之精华而最为灵秀”，当听到这一句时，我泪流满面，发誓要好好修行，修得人身，做先生书房的小丫头，端茶倒水，以报先生知遇之恩！

南安城中有位程公，仰慕濂溪先生学识，携二子程颢、程颐前来拜师。二程勤学善问，很快将先生理学发扬光大。后朱文公（朱熹）在周程理学基础之上著书立说，讲学传道，成为一代儒学大家。有诗为证：“问渠哪得清如许，为有源头活水来！”宋理宗皇上听闻丫山为道源，亲赐“道源”匾额。自此“道源书院”为世人所景仰，各地学子纷纷而至，丫山名声大振。我在风声雨声读书声中修学，修身，已初具人形。

山中无甲子，寒岁不知年。道源书院迎来送往一波又一波的文人墨客。我在半睡半醒之间听闻许许多多的诗词歌赋、美文著述。有东坡居士的“大江东去几千里，庾岭南来第一洲”；有张九成先生的“笑指双峰翠，回看落日红”；有放翁先生的“顾影为发笑，山童双髻丫。一搁琴高鱼，聊用荐夜茶”；有玉蟾先生的“篮舆过尽几山丫，夜宿天台仙子家！”……在琴棋书画诗词歌赋的熏陶之中，我渐渐有了血肉，变得丰富起来！

又不知过了几多岁月，时光流转，岁月变迁。一天，南安城来了一位老先生，此人正是王阳明。在凭吊了理学先师周敦颐和“二程”，拜谒了“周程书院”和“四贤祠”（周敦颐、程颢、程颐以及“二程”之父程大中）后。老先生来道源书院讲学论述，上承周理，独创心学，著《传习录》传世，成就一代心学宗师！“无善无恶心之体，有善有恶意之动，知善知恶是良知，为善去恶是格物”。我在一代大儒的教化中修身修心，知善知恶，知行合一，终致良知，始得人心！听闻王阳明先师临终时一句“我心光明，夫复何言”！始知心归何处，在日月交替中我始终向着阳光生长，精进修行！

在初具人形又长出血肉后复修得人心，我终于可以在山间小心走动，只是不能远行，不能长时间离开缸体，也离不开泥土和道源泉水的滋养。一日散步至真君洞，方知山上竟住着位老爷爷。此时许君已有一千多岁，而我只是个乳臭未干连路都走不稳的小丫头。真君给我讲述孽龙和孝龙的故事；给我讲老子和庄子的故事；讲《道德经》里的“上善若水”；讲庄子的《逍遥游》……在许老的影响下，我渐渐参禅悟道，体会了什么叫仙风道骨，什么是道法自然，什么是自由和独立！

有形有肉有心有骨之后我能走得更远一些，一日行至半山灵岩古寺，一副对联让我眼前一亮：“灵感三千界，岩藏五百僧”，于是进入寺中游览，听老方丈给我讲“片石云飞”和“孽龙悟禅”的故事。

对我触动最大的是寺院正殿里记述的注茶半托迦尊者的故事。注茶半托迦曾随兄长出家修行，因笨嘴拙舌，记忆力不佳，背诵经偈十分困难，被兄长赶出佛门。注茶半托迦心中敬佛，不肯离开，恰遇佛陀。佛陀见他心诚，带他在自己身边，让他每天清扫房间，口中念叨“尘埃除去”！注茶半托迦一丝不苟地按佛陀教诲去做，果然从中顿悟，一步登上罗汉果位，始得神通。佛陀有教无类，因材施教。我敬畏地给佛陀跪拜，祈求佛祖的教化。注茶半托迦尊者的故事也证明了“从简悟道”的可行性。我本是有形众生，缺乏灵性，受佛法感化，终于身心灵合一，脱胎换骨，始得人身！

夜深人静时，我回道源书院前的鱼缸中休息。到了白天，我化作头扎双髻的小姑娘在山中游玩，遇到过活泼调皮的松鼠，逗引过蹦蹦跳跳的蟾蜍，观察过变色的蜥蜴，欣赏过气质高雅的白鹇……常常听采茶姑娘唱山歌，还跑去山下村子里看小伙子们跳舞。

某一日，村里来了位大咖，他便是闻名中外被誉为“东方莎士比亚”的戏曲家汤显祖。汤老因戏剧《牡丹亭》留芳，我便拉扯他的衣角，求他将我编入他的剧中做个小角色。谁知汤老喜百花却唯独不提睡莲，无奈我只好回家独自伤感。但汤老的《牡丹亭》让我体悟到的浪漫主义情怀却永远激励着我去感受更多的美好和精彩！

在轮回中我又修炼了几百年，当快要脱离缸体独立生活时，忽一日山洪暴发，书院被毁，寺院被淹，我唯一可以寄身的鱼缸也被一群顽戾的孩童砸了。无奈之下，我过了几年流离失所的日子。后听闻山东德州地界有口宋朝的大缸可以栖身，于是一路失魂落魄地赶到德州寻找栖身之所，谁知赶到时宋朝大缸已修炼千年成一男身。我为了寄身其中，只好找一户人家投胎当女儿，等 20 年后好名正言顺地嫁入宋家做媳妇。

家父姓贾，博学多智，喜欢读书，爱种花草，还是祝阿镇远近闻名的象棋高手。家母勤劳贤惠名长云，为我起名春霞，后添小我两岁的弟弟春雷。父亲因年少时家贫未能完成学业，寄希望女儿能考上北大，儿子能上清华。可惜我从小嗜睡成瘾，学不精进，辜负了家父一片苦心。长大后我因喝不惯浑浊的黄河水，便跑到泉城济南来。在大明湖畔趵突泉边，找到了我的真命天子宋兆刚，后生下儿子铭印。一家人过上了幸福的生活。

2014 年的正月十二，好友许红打电话约我去听北大公益讲座。红姐本是丫山上一株千年映山红，因慕牡丹之名投胎菏泽，后嫁至济南做童装生意。在红姐公司年会上，第一次听梓林学长讲“从生命到慧命”和“光明圆融善”。课程内容时时触及灵魂，却因我嗜睡的毛病，错过了许多精彩！儿子却记住了梓林学长讲的最长的一句：“在这个世界上，但凡你想要的，只要你努力了，假如老天爷还不肯给你，那一定是因为后面有个更大的、更重要的在等着你。”回家后儿子将这句念叨给我听，我问自己：你到底想要什么呢？答案是：要一个更好的自己！

于是，在两年的时间里，我跟随北大公益讲座去到了桂林、丫山、泰山、青岛、深圳和井冈山。2016 年 4 月，我第二次来到丫山参加三阶课程。一同前往的有我前世的挚友赵霞、郑玉梅、孙兰、滕高兰……全国各地的志愿者来了 141 位，中央戏剧学院的陈珂学长也在其中，远在东洋的程波学长也飞来了。

丫山要建北京大学公益讲座国际志愿者村，四方好友、师长都来了，好不热闹啊！光明圆融善在空中传播，慧命之歌响彻寰宇。

“银河旋转，星辰难追，转瞬间，却已数千岁！”一千年以后，丫山还在，道源书院还在，光明圆融善还在！一千年以后，一个更好的自己还在！

又见花开

蔡瑛　大余 080 志愿者

“北大公益讲座一二三阶课程要在丫山连开了！”听到这个消息，我非常兴奋。因为，我参加北大公益讲座的分享会已经很多次了，却还没有听过正式课程，这次在家门口可以“一网打尽”，我打心里期待并期盼着！

为了做好这次接待和课程推广工作，韩磊学长在 2 月 28 日晚上的分享会上，特别成立了“三阶课程对接小组”。我被分在综合组，并组建了“交通接应组”，我是这个组的组长。韩磊学长意味深长地对我说：“去做吧，到最后你会发现，不是北大公益讲座需要你，而是你需要北大公益讲座这个平台来修自己。”我当时有点懵懵懂懂，并不明白这句话的真实含义。

初识“深圳姊妹花”

早在 3 月 17 日，韩磊学长就电话通知我，让我上丫山来和深圳来的唐岚、吕静学长碰头。

那天，她们风尘仆仆，从深圳乘高铁经韶关到达丫山，已经是中午两点。在饭桌上我们就开始谈课程和食宿安排。我只是在一边听着。不过，当接到唐岚学长递过来的《丫山三阶（13 期）到达人员明细表》文稿时，我一下子被震撼了。这厚厚的六页 A4 纸，从 4 月 5 日到 11 日学长们的详细情况，全部标注在上面，包括所属地区、到达时间、所乘达的交通工具、到达站点、离开时间车次，再到住宿情况，每一位参加三阶的学员的行程、住宿备注等，都记录得井井有条，一目了然。更让人钦佩的是，表格的最后，还附有一份《尚不清楚到达人员名单》。这么的繁杂和琐碎的统计，要占用两位学长多少休息时间呀！

用完简单的午餐，我们来到怀云茶亭，继续对接会议安排。唐岚、吕静学长针对整个活动的行程、丫山的情况，细致地把有关食、住、行的每一个细节都一一向我们作了交接和安排。

窗外，丫山的云海在涌动，可是她们无暇细细地欣赏美景，偶尔讨论间隙望望云海，或雀跃地拍上两张照片，又投入紧张工作。

当时，还有不少学长的行程没有报上来，给安排工作带来很大的不确定性，一些工作无法顺利推进，我嘟囔了几句："都几号了，还不确定下来。"唐岚学长笑着说："可别忘了，咱们北大公益讲座是无组织无纪律哦！"吕静学长轻轻地说："蔡瑛，遇到任何事情，都要先搞定自己，不给别人添麻烦就好了。"是的，我也暗暗下决心，这次上课，参加三阶，一定全程跟随，自己搞定自己，不要试图去改变别人。

晚饭后，两位学长亲自到会场、餐厅了解实地情况，回房间后又投入课程安排的文案修订工作。我离开她们房间时，已是深夜，我对唐岚学长说："太佩服你们俩对工作的细致精神了，真不愧是传说中的‘深圳姊妹花！’”唐岚学长淡淡地说：“尽善尽心尽美，享受付出，大家都一样呢！”

虽然那次会面，因时间短暂，我没有和两位学长作深入交谈，但是，她们身上体现出的资深志愿者的气质和精神面貌，让我记忆深刻。对人友善、质朴、贴心、温暖的态度，对工作认真、负责、周密、详尽的敬业精神，着实触及我心底某个敏感的角落——多久没有遇到这样的人了！

她们站在丫山那随风摇曳的油菜花丛中的画面，深深地印在了我的脑海，没有桃李牡丹的娇艳，没有玫瑰月季的芬芳，但却传播着春天的气息，散发着顽强的生命力。不管在哪里，都能看到她们那倔强可爱的身影，她们是那么平凡，而又那么伟大。

在这个浮躁功利的社会，有人能沉下心来，踏踏实实地去做一件对别人有帮助的事，并且持续专注，一如既往，不要报酬，不计得失，已十分难能。而她们却真实地做到了：不炫耀，不张扬，只是默默前行，脚踏实地、认认真真地做无名英雄，更是难能可贵。

“遇到任何事情，都要先搞定自己，不给别人添麻烦就好了。”吕静学长这句简单的话，一直萦绕在我脑海。感谢“深圳姊妹花”，在我听课之前，就为我开启了北大公益讲座慧命之旅。

风中的那朵小红花

4 月 7 日，终于等到这一天的来临，带着对北大公益讲座课程的憧憬，带着昨夜里一整夜牙疼的疲惫，我坐在了北大公益讲座丫山课程的会场里。我按照梓林学长昨天的交代，穿上便服坐在第一排，像个孩子一样，傻傻地听课。

唐岚学长语气平和地向我们介绍北大公益讲座课程。她身上静水流深的底蕴，加上质朴优美的声音，把一首首北大公益讲座原创的配乐诗朗诵，演绎得如歌如画，一下就把我给俘虏了。主讲人的儒雅风范，在谈笑风生中，一股激励的能量扑面而来，让人感到博大精深，却又如家人，无比亲切。

整整六个小时课程，我没有去触碰课桌上的手机，来时还隐隐作痛的牙齿，也一直没有给我传递疼痛的感觉。北大公益讲座课程，就像一颗投入平静湖水中充满强大能量的石头，石落水中，在每个人的心海泛起圈圈涟漪……

很久没有这么纯粹了。当来自全国各地的志愿者们，站在台上为听众深深鞠躬的时候，我看到了他们的表情是那么真诚，眼中充满着光明，心地纯洁到让我热泪盈眶。

所有的原创诗朗诵，是那么深入人心，仿佛都是为我而写，每每听完都让我泪流满面；而课程中谈到的“那朵小红花”，更是直指我心，让我一下子愧觉自己生活中太多的“小红花纠结”……，“小红花”是幼儿园里荣誉的象征，更是孩子们心里永不凋谢的花。在成人的世界里，其实也是如此，只不过以别的形态表现罢了。

我就有过这样一次“争花”经历。我是一个好强的人，在学校学的是服装设计专业，可从事的却是学前教育，这其中的跨度可想而知。不会弹琴怎么办？跟老师学！不会跳舞、画画怎么办？向同事学！通过几年的努力和磨炼，加上领导的栽培和同事们的帮助，我在县、市、省的多次比赛中取得骄人成绩。于是乎，我也自然而然跨入了“争优评先”的行列。

记得有一年评选“全市优秀教师”，我兴高采烈地捧着那些可以证明自己优秀的证书到园长办公室，理直气壮地想争到这个名额，然而得到的消息却是今年上报的优秀教师不是我。那个感觉，简直就是晴天一声霹雳。

为什么不是我？！为什么？！比业绩、比奖项我怎么不是第一？我甚至听不进老园长的劝解，当场拍桌子责问："为什么不是我？！"现在想想，当时自己怎么会这么在乎那点点荣誉？

生活中，我同样是个争强好胜的人。每次和爱人闹别扭，我总要刨根问底，为什么这么晚回家？为什么没有接电话？为什么不带我去？哪怕是爱人善意地让着我，我都要他解释清楚……

"你的错，就错在你对得太厉害了，什么都是别人的错！"梓林学长在课程中轻轻说出的这句话，却重重地把我敲醒了：跟家人争，亲情没了；跟爱人争，感情淡了；跟朋友争，情意丢了。

那一年对园长拍桌子的声音，那一次次对爱人的抱怨……仿佛就在耳边回响，而那朵"小红花"早已随风飘去……真是如梦初醒：我们完全可以不要那些大大小小的红花，而亲情、爱情、友情，在我们生活中更是弥足珍贵。

"但凡你想要的，只要你努力了，如果老天爷还不肯给你，那是因为后面还有一个更大的。"此言真实不虚！果然，今天我遇见了北大公益讲座……

悄然绽放的慧命之花

生活在云雾丫山是幸福的，才告别璀璨的油菜花季，姹紫嫣红的杜鹃花如今又开满了山冈。在丫山的花海，四天三晚的三阶课程圆满结束了。

参加过许多的学习培训，内容基本都是励志的，鼓励着大家向前冲，硬挺，扛过去，为梦想而战！而北大公益讲座却是让我们停下来，问问自己在追求什么？那是你真正的要吗？带着"幸福是想出来的吗"这个问题，引领着我们去了解自己，发现自己。

课程中的短片以及所有学长真诚的分享，一次次地让我流下感动的眼泪，我终于了解了，越会说话的人，越会用语言伤人，有些话是不能说出口的，逞一舌之快，只会令你一辈子遗憾。

透过课程，我清晰地看到自己人生中的那些遗憾，那些失去，那些痛心疾首，看到坚强外表下那颗脆弱的心。快乐的人生就是不断地放下自己的错，让所有的发生来修炼自己，成就自己。

当然，从“知道”到“做到”会有一段很长很长的路要走，梓林学长亲授“破功”之后如何重新点燃自己的双十字秘诀：“刚才怎么了？下次怎么办？”“因为你这样，所以才这样。”还有每天对自己说：“光明圆融善！”

梓林学长说过：一阶二阶是打开慧命之门，三阶是享受慧命之妙。果不其然，三阶的课程让学长们一直处于快乐之中。每一个小组在主持人的引导下，都成了创意小分队。不论是小组分享，还是自编自导的诗歌音乐剧，队队都精彩！

最出人意料的是：中央戏剧学院的教授陈珂学长、国家歌剧院原著名男高音歌唱家程波学长，不厌其烦地在课间向大家亲授朗诵、表演技巧。

还是老学长的那句话说得好：“如果三阶你没来，你还真不知道会错过什么。”我们就是这样，共同走过了四天三晚快乐难忘的学习和生活。

感谢丫山三阶，感谢所有的学长，为我除去心田的杂草，播下慧命的种子，让我内心更加丰盈，让我更坚定地开启人生的慧命之旅。

知道做不到，还是没有到

王建芬　深圳 150 志愿者

已经是第四次上丫山了，在这个人杰地灵的地方，和一群蓝色志愿者在一起，总是让我的心能够回归宁静，暂时告别浮躁。

参加丫山三阶，是抱着享受几天清静日子的态度才来的。就在出发之前，还和儿子有过一场激烈的争吵。当时儿子双眼怒视着我，说："你别老用教育家的口吻和我讲道理，我不吃这一套！"这句话深深地刺伤了我，我觉得他这是在挑战我做母亲的权威，一气之下，我也凶他："管你以后做什么，就算是去捡垃圾，我都不会理你了！"

就在上丫山的路途中，回想起 3 月份，我带着他和他的几个同学一起去湖南湘乡，去东山学校做志愿者，为 5000 多名中学生服务，他的那份虔诚和开心还历历在目。在一些很细微的事情上，他都有很大的领悟，甚至希望通过自己的努力，把北大公益讲座带进现在就读的学校。还记得他说：在这个公益活动中，懂得了怎样去尊重自己和尊重他人。我当时的心情，简直可以用欣喜若狂来形容，因为我一直认为：孩子的素质教育，要重于单纯的知识灌输。

为何短短两个多月，孩子变得处处与我做对呢？这段不开心，让我开始反思，带着这样的一种复杂情绪，我来到了丫山，想让自己抛开一切烦恼，享受一次慧命之旅。

很荣幸担任第九组的小组长，在整个小组商讨中，我学会了更多的倾听，而不是像以前那样急于表现，整个小组在一起分享的气氛，虽然不是特别热烈，但还是很和谐，大家也感到很快乐。

到了小组自主挑选诗歌上台朗诵表演的环节，我跟组员们说：大家赶紧挑一个比较短点的，这样容易背，结果就在迟疑中失去了机会，简短的诗歌都被其他小组挑走了，只剩下最长的一首：《孩子，真的对不起》，真是越怕什么就越来什么。

接下来的几天，我们都沉浸在背诵排练的氛围里。在排练的时候，我一再提醒组员们，要认真背熟属于自己的那一段，千万不要忘词了，自己也是一有空就背诵。然而，到了真正上场的时候，我自己却忘词了。回到小组，我问韩磊学长："明明是背得滚瓜烂熟的，为什么真正上场时却忘词了呢？"韩磊学长意味深长地对我说："好好想想这个发生背后真正的原因吧，它一定是想告诉你什么。"我似懂非懂地点点头，这个疑惑就这样一直萦绕在我的脑海里。

快乐的日子，总是过得很快，转眼五天四晚的"共产主义生活"就结束了，又重新回到了社会主义的忙碌生活中。直到前一日，我借着送水果，进了儿子的房间，试图监督儿子学习，并以关心的口吻，对儿子进行批评和教育。儿子再一次冲我大发脾气："妈妈，你总是说，要把我还给我自己，然而，你的所作所为，真的如你所说的那样吗？一趟趟找各种理由进出我房间，借着关心的名义，不就是想监督我有没有认真学习，有没有玩游戏吗？一次次和我唠叨谁谁谁语文考了多少分，谁谁谁数学竞赛又得名了，你要努力超过他！口口声声说‘儿子，妈妈相信你’，你的所有行为，真的做到了全然相信吗？既然不相信，就不要冠冕堂皇地说我相信你会好好学习，只是用手机查资料，而不是玩游戏，你是带着相信走进我房间的吗？”

那一刻，我突然惊醒，想起了为什么会安排我们小组朗诵《孩子，真的对不起》，想起了背诵忘词儿的事，明明背诵得很熟却突然忘词，是没有用心啊，这个发生是在提醒我，学了这么久，真正做到知行合一了吗？从知道到做到，我还相差十万八千里，如果仅仅是知道而做不到，又怎么会有力量去影响自己身边的人呢？老天爷正是想用这样一个发生警醒我，从知道到做到，还有漫长的路要走。我在丫山的疑惑终于被回来后的发生解开了。

感谢发生，感谢所有的发生！

与灵魂共舞，让生命绽放

何小萍　北京 476 志愿者

每一个生命都有一个灵魂，只是我们走着、走着，就把它弄丢了！

人不是从娘胎出来就一成不变的，相反，生活会逼迫我们一次又一次的脱胎换骨。女娲娘娘赏我们一段生命，我们要简单装束，伏在阳光下，袒露的应该不仅是我们的身体，还应该有我们的灵魂。

我们每天都在忙碌、奔波、紧张、孤独、误解、委屈、愤怒、抱怨、绝望、恐惧中前行，我们总是把各种不幸推给别人和社会、甚至这个国家，总是找一些冠冕堂皇的理由做支撑，就是不肯停下来，静静地问自己：你在追求什么呢？

就这样，有的人失去了健康，有的人丧失了生命，有的虽然还活着，却已经弄丢了自己的灵魂。这，是你真正的要吗？有位哲学家说：每个人都是自己命运的建造师，只有不断唤醒自己，才能使自己的生命攀上高峰。有时，我们需要放慢脚步，驻足歇息，反省自己，寻觅自己的主旋律，才不会因快而犯错。

是的，每个人都有自己的理想，为了理想去拼搏、去奋斗，这个无可非议，而每个人也应该有自己的理想，理想是我们对未来的期望，理想是我们对未来的设计，理想是能使无数人不惜一切、甚至以生命做代价去实现的信念！如果拿一个胸怀理想的人与一个没有理想的人进行比较，小时候可能看不出明显差异，但随着时间的推移，胸怀理想的人会不断进步，不断完善，为家庭、为社会作出自己应有的贡献。而没有理想的人则是思想空虚、漫无目标，最后虚度一生。

我是一个从小就有远大理想的人，我妈妈常和别人说起我 7 岁时对她说的话："妈妈，我长大了一定要做一个像父亲一样有成就的人，让您过上更幸福的生活。"我想，这就是我儿时的理想，为了这个理想我刻苦学习，努力奋斗，一头扎进去就没有抬过头，也不曾停歇过，终于有了一份自己热爱的事业，并用生命捍卫着这份事业。妈妈脸上洋溢着幸福的笑容，证明我的理想实现了。

可是，自己一直感觉丢掉了什么，却怎么找都找不到。这不仅让我迷茫，还时常让我的心隐隐作痛。

有一天，何花学长给我发来梓林学长朗诵的《灵魂的求诉》，听完第一遍，我的整个人呆住了，久久才缓过神来，泪流满面。回到家，听了多少遍已经不记得了，只记得从天黑听到天明，哭得泣不成声，一首诗竟让我这从 7 岁就坚强至今的强女人如此震撼！那是因为我终于找到了我一直苦寻的答案，几十年为了理想，我把自己弄丢了，把自己的灵魂弄丢了，以至于自己虽拥有些小名小利，依然没有快乐和幸福感，有的只是自以为是和一身傲气。

从此没有理由地爱上了她——北大公益讲座，从此走进了一阶、二阶，沐浴着阳光雨露，享受着久违的快乐与幸福。在感动中成长着，在付出中享受着。

最最幸福的是2016年4月8日，走进丫山三阶，下飞机后，迎着蒙蒙小雨，踏进这山清水秀、云雾缭绕的山庄，脑子里闪现出一句话：这不就是传说中的仙境吗？在这里，吃喝住都是那么地融入自然，学长们相互支持，相互再次点燃，这才是我小时候理想中的人类的共产主义。这里的景色宜人，这里的食物纯天然，这里的夜晚静得能感受到自己的呼吸，能觉察到自己的心跳，最重要的是，这里能让灵魂归位。

丫山的第一晚，我做了一个梦，梦中一位穿白色长衣、头戴花环的美丽女孩，和我一起手拉手随着美妙的音乐翩翩起舞。她是那么纯真、纯洁，她的笑容是那么灿烂，她的手是那么有力，她的拥抱是那么温暖，我们一起跳着、笑着、抱着、转着，我们一起唱“你是如此如此的善良”，我们一起高呼“光明圆融善”，我们手拉手，飞到了丫山那云雾缭绕的双秀峰山顶看日出，飞到道源书院抚琴吟诗，飞到峡谷看瀑布，飞到灵岩寺去上香，飞去看农民大哥扎篱笆墙，飞呀，飞呀，飞向天空，飞到了太空，飞到了我们曾经到达过的境界，在这里，我真正看到了生命的全部意义！

这时，我听到了何花学长说：“快起床，该上课了。”就在醒来的那一刻，我听到那个白衣女孩大声地对我说：“我是你的灵魂，我要和你在一起，我会永远永远爱你！”所以，在那天晚上的组长卓越会上，我说：“我感到很幸福，因为我的灵魂和我在一起听课。”

哇！在丫山，我与灵魂共舞！

四天三晚的课程，在依依不舍中宣布结束。离开丫山的那一刻，我对丫山大声喊：“丫山，我爱你，我还会回来的。”

回到北京，我有了新的梦想，与北大公益讲座一起传播光明圆融善，我把为更多的有缘人找回自己的灵魂当作我的使命。我明白付出从分享开始，分享什么呢？首先让别人看到自己的改变，用我们的做到，证明我们全部的说，是真实不虚。放下虚名、放下利，放下自以为是，让自己成为光明圆融善的天使。

在我看来，每个人都应该适时更新自己的梦想，而成就梦想的路只要三步就够了。

1. 相信。选择之前可以怀疑，选择之后必须相信，我相信我的相信；

2. 行动。没有任何人看了 1000 场球赛而成了优秀的球员，要从甘愿付出，到达享受付出；

3. 持续。硕果累累都是经过了春夏秋冬，没有一粒种子是今天种下明天就收获果实。做我们所说，说我们所做。

最后，赋诗一首，感恩北大公益讲座和所有学长们!

多么美好的一天
因为我知道
我还活着

多么轻松的一天
因为我知道
我在享受生活

原来一个人
可以这样地活着
享受人生

什么是幸福

知道自己
为什么而来

什么是快乐
了解人生
活出真正的自我

感谢我的选择
走进北大公益讲座
这里让我重生

是的
感谢各位学长
让生命从此绽放

觉察，那心之所在

姚洁　北京 467 志愿者

早在 2011 年，我就因为设计梓林学长的书，接触到了北大公益讲座，后来也是因为设计《我们共同走过》系列丛书，有机会参加 2015 年 10 月 13 日在深圳举办的“北大公益讲座第 500 场暨深圳第 100 场”活动。

真正走进北大公益讲座，是之后跟随志愿者到了吉安监狱服务，并接着参加了在井冈山一二三阶连开的课程，再后来就是参加丫山三阶。

我看到很多学长都是第一次听讲座就深有感触，然后就追随而来，而我应该是一个后知后觉、反应迟钝的人。我是在井冈山参加完三阶之后，才有了一些感悟，通过丫山三阶，才慢慢开始觉醒。

因为性格和专业的原因，我是一个喜欢独处、不太爱表达、不太喜欢凑热闹的人，所以，一开始只是抱着听听看的心态，参加了深圳的 500 场活动。我一直都是站在旁观者的角度聆听梓林学长的讲座，以及其他学长的分享，似乎觉得这些都跟我没有太大的关系。可是，渐渐地，我开始有所触动，开始被眼前的发生所感动，在听了许多学长的分享之后，也逐渐打开心扉，开始跟大家分享自己的经历和人生的感悟。就这样，在与大家的分享中，慢慢地让自己静下来，回顾自己所走过的路，思考那些经历过的自认为对或错的事情，在这样一个过程中，我突然意识到：我已经很久没有好好审视过自己了，我重新又开始关注生活中的点滴细节，开始寻找已经丢失了的自己。

我是 2013 年开始自主创业的。就是从那个时候开始，我几乎所有的时间只围绕着两个字——“工作”。因为忙碌，我没有尽到女儿应该尽的责任，没有时间陪伴父母；因为忙碌，我没有时间陪孩子玩耍陪她成长；因为忙碌，没有时间跟丈夫一起好好感受生活；因为忙碌，我也没有时间跟朋友沟通情感；因为忙碌，我逃避了很多生活中的责任和义务，也错过了生活中很多美好的瞬间。

我非常热爱我的工作，因为它正是我的爱好。我一直觉得艺术设计是一个可以使自己和别人的生活都变得更加美好的工作。但是因为过于忙碌，却让这份原本是发现美好并创造美好的工作，让我自己的生活走向了反面；因为我的执着，反而使我丢失了发现生活美好和享受人生快乐的能力。

仔细想想，“忙”字如果拆开来看，代表着心的死亡。当我们的心都死了，那我们做的一切又有什么意义呢？固然，为了自己设定的人生目标和理想，有时我们不得不放弃一些东西，但是人生路上有时会在迷途中作出错误的判断，丢失掉很多珍贵的东西，而它们的珍贵，总是在失去了之后才能深刻体会到。得与失之间我们往往很难寻找到平衡，但是也正因为某些失去造成的痛苦，才能让我们渐渐麻木的心开始觉醒，人总是要经历过迷茫之后，才找到生命的真谛。

我很感谢北大公益讲座，因为志愿者们的付出，让我重新认识了自己，审视自己正在做的很多事情，看到了生命成长的很多可能，开始学习把自己调整到一个更好状态。参加北大公益讲座，认识了这么多的朋友，和大家在一起不仅充满正能量而且十分快乐。

记得席勒曾说过："美是无目的的快乐。"因此，如果我们想要发现美好，就需要具备一颗简单、纯粹的心，它不能被太多杂质所干扰。只有在心灵觉醒后，才有可能发现美好。内心最直接的感受，才是最没有目的性的快乐。

觉察，那心之所在，是北大公益讲座教会我从生命走向慧命的一把金钥匙。希望有更多的人，能从纠结、迷茫、混沌中警醒，开始学习觉察，从而发现生命原本最真实单纯的那颗心，排除外界的嘈杂与干扰，守护自己的灵魂，走向心中的远方！

心灵之家：自由与付出

贾洪杰　北京 004 志愿者

从丫山回到北京，在繁忙的工作之余，看到“丫山三阶（13期）”群里学长们的分享，真是再度享受其中。这次丫山之行，收获满满，远远大于我的预期，相信搭上这艘载满幸福与快乐方舟的学长都会与我有同感。

一二阶的课程我听过好多遍了，而这次倾听，眼泪还是不知不觉地流淌了出来。北大公益讲座点亮我灵魂的蜡烛，我知道我回家了。

我是第一次到丫山。这里真是一个充满灵秀而神奇的地方，处处自然，景景质朴，每天晚上，流水声和蛙叫虫鸣齐奏，伴随着我进入梦乡，而清晨，小鸟叽叽喳喳的叫声，轻轻地把我唤醒。待在城市太久了，这样的生活，真是难得的经历。

进入北大公益讲座，一定是命运的安排，而来到丫山，就像回到久别的故乡，是什么在召唤我呢？那个听不到的声音从丫山的深处传来……

当飞天的旋律响起，我的思想也随着梓林学长的引导，自由自在地翱翔在浩瀚无垠的宇宙太空。

这些年来，我一直在追寻着自由的脚步，而在北大公益讲座，我找到了渴望已久的心的自由……

清晨，我和83岁的张连义学长一家，爬上了四季花海前面的小山丘，望着青竹和油菜自自然然地延展着，满山是清雾环绕，遇到一个打扫栈道的村民，他悠闲淡定地做着自己的事情，并给我们指点下山的路，在他的身上，我看到了“自由自在”。

我终于明白：自由，可以穿越心中的藩篱，遨游太空；自由，可以超越世俗名利，内心强大而不失去方向；自由，是回归质朴而童真，就可以和万物交流；自由，是生命中的甘露，是大自然的滋养；自由，就是幸福和快乐……而拥有自由，其实并不难，只要能放下自己的贪求，让自己更贴近自然，自由就在身边。

三阶是为志愿者开的。梓林学长在开场时有一句话，让我记忆深刻：“第三阶的志愿者是来修付出的，而付出就从不给别人添麻烦开始。”

这句话好有力量，我看到每次用餐，志愿者都吃干净了盘中食物，做到光盘，然后把盘子送到指定的地方。我感受到，付出原来这么简单，就是做到不给别人添麻烦，而这就是付出啊！

付出不是一种了解，付出是做到。付出从分享开始，于是有了这篇分享文章。

灵秀丫山

许红　济南006志愿者

坐上从赣州开往泉州的列车，我才意识到十天的“慧命之旅”，虽然意犹未尽，却已真的结束了。

真的好感谢自己，做出了这么一个伟大的决定，这次不仅见到了梦中的丫山，见证了又一群生命被点燃，还奇迹般地在监狱“生活”了四天！

4月5日，从济南启程，6日早7点到达赣州，对赣州人的第一印象是从帅气的吴峰学长身上得到的：真诚、纯朴、热情！这位帅哥为了正点接我们，启动了三个叫醒程序：自己的闹钟、太太的铃声叫起、妈妈的温馨提醒，让我好感动啊！

一个多小时的车程，就到达丫山。第一印象是丫山的路，我老公说上次来还没修好呢！经过电子关卡的确认，我们才能顺利到达九成山舍。一部特别的“丫可喜”户外电梯，把我们送上了山腰，穿过木塑铺就的长廊，就是一片造型独特的云海木屋别墅群，每栋别墅都坐落在竹林之中，美得让人窒息。

刚进房间，服务人员就说："梓林学长在餐厅等你们呢。"我们立即换上了蓝色志愿者服出门，梓林学长、唐岚学长、韩磊学长都在，还见到了丫山的主人唐总，他就是我们大余的000志愿者。

好幸运啊！幸亏早一天到，要不怎么会有机会与这些大咖合影呢！所以，跟着心走，一切都是最好的安排。上午，我老公带着我们考察纪录片的拍摄取景地，乘车沿山路盘旋而下，与大大小小、高高矮矮的竹笋合影；参观乡村自行车俱乐部，在"千里走单骑"的主题卡拉OK厅喝啤酒；考察未来要兴建的志愿者村，每到一处，都多一分惊喜，多一份对丫山的爱。

丫山三阶是8日下午开始的，这是三阶规模最大的一次，共142位志愿者参加，有退役的将军夫妇、中央戏剧学院的博士生导师，有著名的歌唱家，有电视剧制片人……因为大咖太多，学员分享的时间减少了许多。但，可以说这应该是学员收获最大的一次三阶!

丫山奇特的气场，使这次三阶的禅修和音乐疗愈环节非常殊胜。整个静心环节，我让自己完全地放松下来了，这是我几年来从未达到过的境界，完全没有感觉到时间已经过了一个小时。

在接下来唐岚学长做的音乐疗愈环节，我已经完全地让自己的心平静了下来，并且可以随心所欲地到达一个梦幻的天堂，清晰地看到了亲爱的爸爸妈妈，看到他们慈祥的笑容，也让自己的心平静下来，这是爸爸百日之后的第一次遇见!

这次的三阶，我又当上了组长，我们"小的啦"（晓得了）是最幸运的，因为有年纪最大的连义学长夫妇在我们组，我们给连义学长夫妇起了两个很美的绰号"静静的老男孩"和"最幸福的女人"。

唐岚学长又把到车站接我们的吴峰学长派来给我做副组长，他的灵性和天赋，给我减轻了许多组织工作的压力；陈静学长年轻有活力，也很有思想；刘盛森是很幸运的学长，最后一天搭上了丫山（13 期）末班车；陈晓红学长是个大夫，做事认真是她的职业习惯；路欣学长上过井冈山三阶，骨子里的清高也被大家的真诚所溶化，在最后分享时，她笑得那么的美，也让大家共同见证了北大公益讲座的神奇。幸福的连义叔叔、阿姨，多才多艺的小峰，聪明的静静，善良的森森，智慧的晓红，沉稳的路欣，可爱的双双……共同打造了我们“小的啦”组幸福的四天三晚。

一切都在继续，已被点燃的生命，或许在回到现实生活中会被打回原形，但大家已经知道可以在哪里再次点燃，才能再次发现自己，让自己越来越好。慢慢明白：“我是我”，“我是我的”，“我是我自己”。在灵秀的丫山，终于领悟到北大公益讲座的精华，唯有去做、去跟，就自然能到，身在其中，心随其中！其中的奥妙，真的是无须言语，已经心满意足！

幸福家园

刘金贞　大余 010 志愿者

算起来，我也是一名老志愿者了。从 2013 年 3 月，第一次听北大公益讲座就加入了这个团队，曾经也一路跟随着去过深圳、海南、清远、泰山等地。

当初，我在深圳第一次参加分享会，完全不知道这是怎样的一个课程，我只是在分享会上，听到大家相互之间都称呼“学长”，觉得很好奇，心里想以后会不会称呼“同志”？什么是学长?

分享会上，梓林学长也跟大家一样站在台上，鞠躬之后侃侃而谈，他的幽默，他的谦卑，他的随和，让我顿时产生了敬畏之心。他告诉我们：“学长，就是共同学习，共同成长。”这让我感到非常亲切。

接下来的跟随之路，我的心一直都被梓林学长和一群蓝精灵的坚持所打动，被课程中的内容所感化。我想，北大公益讲座的魅力，就在于她是一个大家庭。在这个大家庭里，志愿者穿一样的衣服，说一样的话，讲师团走到哪里，我们的心就会跟到哪里，虽然不能每次跟随外出，但我却一直用心在跟，正如梓林学长对我说的："心在人就在。"

这一次，北大公益讲座来到了丫山，在我家门口举办三阶，让我们大余的志愿者有了一次享受付出的好机会。我们的日常工作就是做接待，可是这次接待的不是客人，而是来自全国各地的家人，最想让所有志愿者到了丫山有回家的感觉，感受蓝色大家庭纯朴的爱和悉心的关怀。

这次三阶，我再一次看到梓林学长在台上给听众鞠躬，当时我的鼻子都是酸酸的，以前是莫名的心疼，现在是由衷的感谢和感动。这一次，我还看到各地来的学长，包括退役的老将军、大学问家、企业成功人士等，上台也是先给听众鞠躬，从中我看到了鞠躬的力量。

听过北大公益讲座，成为一名志愿者之后，我一直在努力提高自己。可是每每看到别人写出好文章，朗诵得很动情，我都懊恼自己不善言表，不擅文字，每次分享，脑海里纵使有一百个想法，也总没有勇气举手发言。每堂课结束后，有一脑子想要表达的情感，却难以落笔成文。我开始正视自己的缺点，知道了自己过去的不足。

在丫山，我的特殊之处在于：爸爸妈妈也在这里上班，而且是我的下属。因为自己脾气特别急，所以有的时候还会冲着他们发火，倒是还要爸爸时常反过来哄我。这次三阶上，看到几位年纪已经 80 多岁的学长，还在学光明圆融善、鞠躬、分享，而我年轻轻的，为什么就不改变自己的急性子呢？三阶上每一位学长的做到都是对我的鼓励，我很愿意接受原来那个不够好的自己，并通过改变，告别那个自己，找到一个更好的自己。每次见到志愿者，都有拥抱的冲动，因为他们带给我的都是一种满满的正能量。

这次三阶，我感觉像做梦一样，学长们的思想火花在丫山碰撞得五彩斑斓，当我得知梓林学长已经决定把北大公益讲座安家在丫山，丫山不仅是讲师的培训基地，而且是全国重要的授课基地，并在丫山建立第一个“国际志愿者村”，我明白，丫山这棵生长了十年的梧桐树，终于迎来了一只金凤凰。回想起第一次参加分享会的那个小小念头，能让我走进北大公益讲座之后，就再也不想离开，原来北大公益讲座是为我而来。

从今以后，我要在工作与修行的路上，用自己的做到，证明全部的说，都是真实不虚。

让丫山成为志愿者永远的幸福家园。

丫山妹

陈晓红　赣州 696 志愿者

芳菲四月，我踏上了丫山三阶之旅。

雨后的丫山，满目青翠，杜鹃吐蕊，空气中弥漫着香甜的清新。穿过的啦桥，只见一栋栋二层小楼错落有致地掩隐在绿树修竹之中，那就是我们要下榻的花海客栈吗？太美妙了！

沿着花径，拾阶而上，耳畔飘来清脆的歌声："哎呀嘞，丫山妹子爱唱歌，唱起山歌乐呵呵……"顺着歌声望去，花丛中闪出一张笑脸，一个十八九岁的姑娘站到了我跟前，"姐，您住海棠院吗？""是的。""请跟我来吧！"说着，妹子接过我的行李，熟练地打开房门，把行李放好后，递给我一杯刚沏的热茶。看我充满疑惑的眼神，她甜甜地冲我一笑，用她那并不标准的普通话说："姐，忘了告诉您，我叫秀，是这里的服务员，如果我没猜错的话，您是来参加北大公益讲座的，您先休息一下，下午要听课哟！"说完，冲我调皮地眨了眨眼睛。

北大公益讲座是个什么样的讲座？能给我带来什么呢？怀揣着疑问，我踏进了北大公益讲座第一阶的课堂。一群身穿蓝色志愿者服的志愿者，整齐地站立在门口，向大家鞠躬、微笑，引领着人们走进会场，他们当中有八十多岁的老人，还有十八九岁的小姑娘，细细一看，那不是秀吗？她还是我的“老”学长呢！秀对我俏皮一笑，意思是：“没想到吧？”环顾偌大的讲堂，座无虚席，灿烂的笑容在每个人的脸上绽放，满满的正能量。

梓林学长、唐岚学长早已准备就绪，为我们开启“从生命到慧命”的大门。梓林学长和蔼、儒雅，用质朴、生动、幽默的语言，向我们提出了“生命之问”；唐岚学长引导我们感受“生命的存在”，接着用一部美国大片，为我们介绍“生命的方位”。经过宇宙旅行，我们终于看到了自己的渺小；通过了解“生命的特征”，我们学会感恩，学会放下，懂得谦卑。

唐岚学长声情并茂地朗诵《灵魂的求诉》，让我们泪流满面。其实，善来自于自然，只不过人们走着走着，就把它弄丢了。我们应静下心来，放慢脚步，让善还原、回归，让灵魂与肉体得到统一。真正做到“光明圆融善”“求真创造美”。

分享会上，秀给大家分享了她参加北大公益讲座，从听不懂到听进去、从被动听到主动做、从甘愿付出到享受付出的心路历程，她的真实、真切、真情感染了在场的每一个人。

晚上，丫山人为我们奉上了一台自编自导自演的原生态特色民俗晚会。秀和她的丫山姐妹们用心、用情在歌唱着、舞蹈着。丫山姑娘是幸运的，公司唐总为她们开设“章源黄埔”女子文化培训，北大公益讲座走进丫山，使得她们内外兼修，气质、品位、人生观、价值观得到了大幅提升，在丫山这方土地上通过甘愿付出，享受付出，成就了自己，而每一个人的笑容、快乐、自信都是由内心自然发散出来的。“唯人也，得天地之精华，而最为灵秀”。感动、感慨、感谢，丫山妹子，为你们竖起大拇指：A哆哆！

北大公益讲座第三阶课程“幸福是想出来的吗？”（第13期）进入了倒计时，幸福到底是什么？我希望能在秀身上找到答案。

傍晚，约了秀，静静地坐在小河边，听她娓娓道来：“我是个土生土长的丫山妹子，这片神奇的土地，灵动的山水，赋予我与生俱来的淳朴、纯真和善良。在我的生命中能遇见唐总、梓林学长及众多北大公益讲座的家人，这是多么大的福报啊！‘章源黄埔’为我的理想插上了翅膀，北大公益讲座让我的理想飞翔，能成为北大公益讲座的志愿者，在学习中不断地修自己，提升自己，在平凡的岗位上力所能及帮助别人，用所感、所悟、所得创造一个更好的自己，我们都是最幸福的人。”

秀满怀对美好未来的憧憬，告诉我：“丫山已经成为北大公益讲座讲师的培训基地，不久的将来，还要成为‘国际志愿者村’。作为丫山人，每天都能汇入这蓝色的海洋，每天都能听到北大公益讲座，能和那么多来自世界各地的学长分享和交流，能与他们结缘，用自己的一点点付出和做到，让丫山与北大公益讲座一起走出国门，让光明圆融善传遍全世界。能够生逢其时，能够置身其中，我就是最幸福的人。姐，您说是吗？”

面对纯真、善良、自信的秀，我羞愧难当，失声痛哭，曾经的骄傲、清高，所谓的名、利、自以为是，在这一瞬间统统被击得粉碎，我抱着秀，哽咽着说：“是的，好妹妹，你是最最幸福的人，你是丫山的名片，你是北大公益讲座的形象大使，你给了我太多的惊喜和感动，谢谢你！”

和自己喜欢的人在一起，做自己喜欢的事，幸福竟然如此简单。

北大公益讲座让我们修自己，做一个光明圆融善的践行者和以身作则的传播者。

相聚是美好而短暂的，要告别丫山了，尽管心中有太多的不舍。秀拉着我的手和我道别：“姐，北大公益讲座第 600 场暨诗歌音乐舞剧《慧命之歌》首演，将在我们丫山举办，您到时要来哦！”我看着秀的眼睛，坚定地说：“一定，姐一定来！”

再见，北大公益讲座；再见，美丽的丫山；再见，秀!

终于等到你

黄晓秀　大余 009 志愿者

今天的天气很奇怪，临近傍晚却下起了滂沱大雨，整个天空仿佛被吞噬，乌压压一片，雨水瓢泼般倾泻，让人心里着实不安。看到这样的天气，我真有些担心，立刻联系妹妹不要来参加分享会了，可是她已经在下山的路上，冒着大雨赶往县城。

今晚分享会的主题是“自我与人生”，因为这场大雨，把很多学长挡在了雨中，未能参加分享会。但是今天非常神奇，效果出奇的好，我想说——终于等到你……

第一个“你”。我想对我老板说！今天唐总出差在外地，上午特地打电话给我，交代今天的分享会，一定带上丫山两位员工来参加。这让我很吃惊，因为以前从没有发生过。唐总在出差途中，还特意交代此事。我想说，终于等到他开始表达，作为北大公益讲座大余 000 号志愿者内心深处的那份敦实厚重的情感！

第二个“你”。我想对自己说！终于等到了我自己！在前段时间的丫山一二三阶课程里，我“不在”，总是有一些外在的因素让自己静不下来，心里一直是焦急的。但是今天我回来了，真正的自己回来了，蓝色志愿者、诗朗诵、主题音频、小组分享……我都在，我放下了自以为是，我在……

第三个“你”。我想对闺蜜说！闺蜜是两个孩子的妈妈，她的生活并不是很幸福，经常发生家庭纠纷。今天听完音频后，她一直在流泪，小组分享中她告诉我们：原来生活中的吵闹，是自己的问题太多，只有自己开始变好，身边的人才会变好，生活所有的发生都是为了成就更好自己！

第四个“你”。我想对妹妹说！妹妹不怎么爱学习，个性比较要强。“90 后”的她有过一次失败的婚姻，这对她打击非常大，以至于她无法走出阴影。我多次推荐她来听课，都没有成功，今天她来了。不管她听到了多少，但这就是一个好的开始，看到她敢于分享自己的故事，我的心里暖暖的——终于等到你了！

第五个“你”。我想对梓林学长说！今天分享会中途，我们收到了一份来自北京的贺电，梓林学长通过微信语音向大余慧至堂表示慰问和祝贺。梓林学长告诉大家，北大公益讲座要在大余安家落户啦！这是我们大余慧至堂非常荣幸的一件大事。我们终于等到你了，梓林学长，我们好爱你！

轻松工作，快乐生活

黄晓秀　大余 009 志愿者

记得那天是 3 月 29 日，丫山春笋节圆满结束，我们大余的学长们就召开了一次特别的会议，讨论丫山三阶的接待工作。“4 月 7 日，北大公益讲座要在丫山开一二三阶啦！”在会上听到这个消息，我当时有两种心情，一是期待，因为全国 140 多名蓝色志愿者将齐聚丫山；二是平静，因为去年我也在泰山上过三阶，这次即使是在自己家乡开三阶，应该没有什么不同。

4 月 6 日，我们虽然换上了文化衫、志愿者服，但心里还是想着如何做好接待工作，小红花、出租车、飞天……都忘之脑后了。

终于到了 7 日下午，我走进一阶课程，找到一个很好的位置坐下，看着那个熟悉的身影，那个可爱的、俏皮的、和蔼的、谦卑的、神秘的“老头儿”，心里满满都是感动……，正是这个谦卑的“老头儿”，让丫山举办的《幸福是想出来的吗？》成为人数最多的一次三阶；也正是这个俏皮的“老头儿”，让我一会儿哭，一会儿笑；还是这个神秘的“老头儿”，让我一直想跟随，想去那个“神秘”的地方看看，他说那里有绝妙的清凉和绝对的清净，那里是我们共同的家，我们都在回家的路上。

9日上午，梓林学长讲到丫山、讲到公司三位老总时，我看到梓林学长似乎也有泪花在眼里滚动，他说我们丫山这十年来不容易。现场很多人也被感动得流泪了，而我更是哭得泪人一般，被这个和蔼“老头儿”的真情感动了，被这座大山感动了，更被我们丫山人自己感动了！

我们丫山人用了十年的时间，经历了常人无法想象的困难，才有了今天的这些成就！

如今北大公益讲座来了，我感觉到我们不再孤单。这么多蓝精灵一起，这么好的氛围，是生命给我的礼物，我还在求什么呢？我该放下，放下这些所谓放不下，走进纯洁纯粹纯净的北大公益讲座的课堂。我看了看手机，决定把它关掉，并为我这个举动感到十分的满意。因为信息留在手机里，等一会儿还在，可是当下自己的心，如果没有跟上课程，错过了，就不在了。

我已经发现，手机在不断给自己筑一道高墙，围住自己，无法翻越，无法知道高墙外面——花正香，雨正细，人正笑，蝴蝶正在歌唱，善良的人正走在大路上。原来，我们敢于放下时，才发现真的是有一个更大的在等着自己！

分小组时，我分到了第五组，我们的组名是“A哆组”，“A哆”是我们丫山本地的方言，寓意惊喜、惊讶、惊叹。所以我们的队呼是：“北大公益A哆哆！”

三阶给我们带来的惊喜，一直在继续。在静下心来听课程中每一个美好的发生时，我终于看到了我自己：曾经的我，因早早失去了母爱，也一直在期待着奇迹的发生，让妈妈没生病，让妈妈再抱我一次。可是，当我看到我自己，看到这正在发生的一切，我才明白："我们自己，本身就是一个奇迹……"

因为快乐，三阶的时光过得很快。当我们送走了各地学长，回到自己的工作岗位，修行的功课就来了。我部门的一位同事与其他部门起了工作上的争执。我告诉她说："争，是想强调自己对，自己越对，就会越觉得难受，越想争。我们学习北大公益讲座，就是要明白一个道理，一切都是来成就我们的，不要用学到的工具去修理别人，而要用来修正自己，正如建新学长说的：'他是来修理我的，我是来成就自己的。'只要这样去想了，去做了，环境才会改变。梓林学长说了，我们既要有'别人是自己'的慈悲，也要有'别人是别人'的智慧，最终还是要做回'自己是自己'。"

通过我的劝说，她们终于解开心结，化解了矛盾。这件事情，让我知道今后一定要放下部门经理的身份，与同事好好沟通，好好修理自己，通过自我的改变，让大家认识北大公益讲座的强大力量。

此次丫山三阶，我更进一步地理解了我们董事长说过的那句话：要轻松工作，快乐生活。

赞丫山

张连义　北京 128 志愿者

世人都夸丫山美，连义也说好山水；
学长踊跃来丫山，我亦登程紧相追。
登上九成望崇岭，不见山峰见云飞；
抬头眺望远山坡，朵朵杜鹃似红梅。
清晨推门迎漫雾，缥缈山谷令人醉；
午后再来看群山，前后左右尽芳菲。
文艺晚会真精彩，姑娘俏丽赛贵妃；
员工真情爱企业，男儿矫健劲百倍。
大余人民多奇志，锦绣山川再描绘；
开发旅游富百姓，泽及万代映光辉。
我为丫山来点赞，光明圆融善相会；
我为丫山来寄语，想到做到福相随。

有一种爱叫珍惜

赵霞　济南 158 志愿者

丫山三阶让我再一次拥抱一个更好的自己，感受美好，感动生命，感恩有你——蓝色的精灵。

当满山遍野的映山红遇见美丽杜鹃，当云海奇观遇见山峦叠翠，当花海客栈遇见蓝色精灵，当吊桥的铃铛遇见丫山轻风，当梓林和韩磊学长给我大大的拥抱，当看见每一个志愿者洋溢在脸上的灿烂笑容，当置身我们“心航线”组学长们的真诚互动，还有……这一切都让我感动。我太幸运了，能够在丫山见证这一切，感受这一切，何等的福分才能换来和学长们的相聚。

除了对丫山的旖旎风光赞叹不已，丫山人的“真心”和“实意”，也让我真正感受到这方净土养育的人是多么淳朴和真诚。我也算是去过一些地方，每次外出，除了欣赏各地的美景，还会品尝各地的美食。法国人的浪漫、意大利人的悠闲、瑞士人的幸福、美国人的热情开朗……都深深吸引着我。而这次到丫山最大的收获是：让我重新反思了自己，也领悟了只要用心感受，美好并不只在远方，而是处处都在。丫山的美食、丫山的山山水水、丫山人在舞台的精湛表演、丫山人服务的细致入微、丫山每一个人的灿烂笑容，无不显示着这里自然和人文的和谐。

那天早上我和春霞学长迫不及待地去感受丫山的薄雾，感受丫山细雨后的清新，用心观察着雨后的遍地春笋，大口大口地呼吸着纯净清新的空气……我们巧遇了唐向阳董事长——大余 000 志愿者。

我问他丫山这么美，是如何保护的？唐向阳学长一句简短有力的话回答了我："环境和自然是用来珍惜的，而非保护的。"我这才恍然彻悟，珍惜是内心的主动，而保护是被动。丫山上的一草一木、一山一水，还有丫山那么多可爱的小精灵，还有所有的生命都是用来珍惜的，珍惜才会永远。怪不得丫山人说："唐总想干的事就一定能干成！"唐总用他的做到证明他全部的说是真实不虚的。也许正是因为唐向阳学长的博大情怀，正是他十年来在内心深处的坚守，才使他打造传承千年的道源书院。

回想自己当兵入伍的那天，母亲哭得好伤心，不断地叮咛和嘱托。或许她只是希望我能像其他女孩一样温柔一点点。那也是我平生第一次读懂妈妈的眼泪，第一次用心感受妈妈对我浓浓的爱意。

从部队回来后，有了让人羡慕的工作，不安分的心又来了。在 19 岁时完全没顾及父母的感受，自己偷偷辞去了工作，就为了证明自己——我能。现在想想那时的我，真的是太自以为是了。弟弟四年前的离开，带给我们全家人无尽的思念和心痛。当我体验了人生的无奈时，那一刻我才真正知道金钱不是万能的。可是我又能怎样？生命是用来珍惜的，我们还要走完接下来的人生。失去了弟弟我更加懂得珍惜身边的亲人，珍惜朋友，珍惜每一个生命。只是现在的我还不能完全释然，偶尔也会半夜从梦中哭醒。听了北大公益讲座，我现在已经开始用心去体会并努力做到梓林学长说过的“珍惜而不执着”。

三阶的每一部短片、每一首音乐都让我深深感动，梓林学长说过“北京大学公益讲座是为我们每个人开的，跟随的过程每次的感悟都不同”。通过这次丫山之行，我算是真的懂了。

真汉子韩磊学长分享到动情之处潸然泪下，感动全场。如果说女人坚强的极致是温柔，那么男人坚强的极致就是眼泪了。杨玲学长聊到我们的生活要快慢有度、动静相宜，我也反问自己接下来该怎样调控我的时间，掌控我的生活节奏。陈珂教授分享我们做人要在有我和无我之间权衡，要谦卑和自信平衡，这不正是对北大公益讲座六字箴言“专注、谦卑、喜悦”的最好阐释吗？

每个人都有属于自己的了不起的人生！我一定要编织出五彩斑斓的人生，不是用欲望来填补自己，而是学会珍惜已经拥有的细微的美好走向幸福，就像梓林学长说的：“挣钱是能力，花钱是智慧。”

慧至何处？归于尘土。虽然我还不具备人生的大智慧，但我会用心来感悟生活，来捕捉身边的点滴幸福。原来的我认为勇者无畏，现在我终于渐渐明白：其实是善者无畏，智者无畏。

我会好好珍惜与北京大学公益讲座的缘分，用真心来感知善良，用善良来感受美好，用美好来感悟这个世界。践行北大公益讲座“尽善尽美尽心”原则。坚守善良，传递美好，珍惜拥有，并且珍惜到永远……

你好，丫山

贾鸽　广州 099 志愿者

我第一次听到“丫山”时，心想这是多么富有诗意的名字，秀气中似乎又藏着些娇嫩，脑海中曾多次幻想丫山的模样……

盼望着，盼望着，四月如期而至，这一天终于到了！迎着和煦的春风，绕着蜿蜒曲折的盘山公路，天空中还飘着淅淅沥沥的小雨，似乎在欢迎我们的到来！这一刻，心里有一个声音不停地在呼喊：丫山，我来了！

四月的丫山，像个娉婷的少女，亭亭玉立。山谷间鸟儿清脆的叫声悦耳动听，涓涓的溪流声，新绿的树芽，还有漫山遍野的小花，有名字的，没名字的，姹紫嫣红，五颜六色，像繁星一样，还时不时地向我们眨眨眼，呼吸着这清新的空气，让人更加流连忘返；又像个没长大的调皮孩童一样，总喜欢撒撒娇，总喜欢在不经意间就下起雨来，雨声时大时小，雨后山巅漂浮不定的云雾，好一幅山水画，使人宛若置身腾云驾雾的仙境中游走一般；“吹面不寒杨柳风”，而四月的丫山，你更像一位慈祥的母亲，袅袅炊烟在半山腰缓缓升起，时不时地散发着饭香的味道，似乎妈妈已经烧好可口的饭菜，正在等待游子的归来……

傍晚的丫山，更有意思，山坡上镶嵌的老屋里昏黄的灯光逐渐亮起来，雨后初晴，树叶更加翠绿了，空气更加清新了，伴着泥土气息，蝴蝶游走在花海之间，还有田间初醒的一片蛙声，放眼望向对岸的山，鲜红的杜鹃漫山遍野，似乎在更加热烈地欢迎着我们的到来！

“山不在高，有仙则名”，伴随着这些美好，一群蓝色的志愿者从四面八方来到了这灵秀的丫山，因为有了我们的加入，好像这座山也瞬间多了一份灵气，更加的生机勃勃！我们也带着这份美好心情，正式走进了幸福之旅……

周敦颐说：“唯人也，得天地之精华，而最为灵秀。”在丫山真正地感受了这里的人文、风情。这里的阿哥阿妹，好像天生都有一副好嗓子，初到丫山，就欣赏到了她们为我们精心准备的节目，嘹亮的歌声、曼妙的舞姿，她们似乎是上天派到丫山的精灵，被赋予了超乎常人的艺术细胞，让这群蓝色志愿者顿时产生由衷的钦佩之情。

四天三夜的学习，增进了彼此的友谊。在这里，没有名，没有利，没有自以为是，因为我们只是一群普通的蓝色志愿者，大家放下了一切功名利禄，带着一颗纯净的心，带着蓝色的梦想相聚在这里，像兄弟姐妹一般，彼此一句“学长”的称呼，没有高低卑贱之分，让大家倍感亲切，就如同许久不见的亲人一样。大家用自己的实际行动践行着幸福，感知着幸福。

生命本身就是一个修行的过程，而来到这里，似乎与世隔绝，真正踏入了身心灵的修行之旅，没有了职场的钩心斗角，没有了出差途中车水马龙的疲惫，没有了人与人之间的功利与冷漠……

夜幕开始慢慢降临，静静地，静到可以听到彼此的呼吸声。我们开始进入音乐疗愈，欢快动听的音乐声伴随着细腻倾情的引导，仿佛把我带到了另一个世界——蔚蓝的天空，清澈见底的小溪，回响在山涧的童谣，布谷鸟清脆的叫声，还有妈妈温柔的手，抚摸着我的脸，如同回到孩提时代，时间就定格在了那一霎间……，猛然反应过来，许久没有回家了，是真的想念妈妈了……

美好的时光总是消逝得如此之快，转眼间就要离开这美丽的丫山，突然伤感起来，不知什么时候可以再回到这人间仙境一般的丫山，回到这至清至纯的课堂……

最美的四月，最美的丫山。丫山，你就是人间的四月天，是爱，是暖，是光明，是圆融，是善！

回归

郑玉梅　章丘 001 志愿者

我一直有个愿望，带着妈妈去丫山。看了无数次北大公益讲座的纪录片《美哉丫山》，每次都产生强烈的冲动，趁着妈妈身体还好，陪伴她去丫山，也让自己跳出凡尘，清洗一下疲惫的身心。

来到美丽灵秀的丫山，看到学长们一张张熟悉的笑脸，妈妈一路紧张的表情也渐渐舒朗起来。薄雾缭绕的丫山，真的太美了，十八瀑的委婉柔情，气势磅礴，每一个转弯都有一分不同的意境。清晨，竹林里静谧得能听到竹笋成长的声音，满山遍野的映山红，把每个学长的脸衬托得像少女般羞涩。我沉浸在这美好善良的笑容里，在大自然的抚慰中，由内而外的喜悦，一扫近些日子身心的疲惫……

妈妈被分在了别的小组，刚进小组的她，拘谨得像个孩子。看着妈妈慢慢绽放的笑脸，幸福的泪水不时模糊了我的双眼。

妈妈这一辈子活得让我很心疼。她从小寄养在别人家，总是被身边的人嫌弃，一直讨饭到16岁，走到哪里，都是一个多余人的角色。她为了不再被人看不起，不再被人嫌弃，奔波了一生，默默地为这个家付出，终于把我们拉扯大。一直以来，我好想爱她，却总是不知道该怎么去爱她，不知怎么能让她的脚步慢一点真正享受一下生活。

前年，父亲匆匆走了，母亲一下感到没有了依靠，她心中的那份无依无靠的感觉和绝望，我都看在眼里记在心中。我真的好想妈妈快乐起来！

课程的第三天，没想到妈妈在学长们的帮助与鼓励下，竟然第一次登上了舞台，表演《慧命之歌》诗歌音乐剧。下课后，我让她看我给她拍的视频，妈妈开心地说："没想到我这么老了，还是一个没文化的人，也能上台表演呢！"舞台上的妈妈真是好年轻。

失去双腿却让生命依然绽放的生命之舞、《去去就来》、出租车的故事、盲人女孩的梦想、唐妈妈的漂亮、陈珂学长的博学、唐向阳学长的大气、每位学长的分享……成了妈妈眼里的一道道风景。

即将回程的那天下午，在露天的阳台上，妈妈伸着脖子到处寻找着什么。我问妈妈："你看什么呢？"妈妈笑容满面地说："你看那是将军夫妇……你看那个是我们组的……你看宝翠在那，她是组长……"看着妈妈此刻开心的表情，我的心中真是幸福满满。

在回济南的火车上，同行的学长们兴高采烈地分享着各自的收获，妈妈说："如果我40岁时，能听到梓林学长的课该多好！我的人生一定不一样。下次你能带你妹妹来听么？我也不知道，我下次还能不能来？"

我说："一定能的，妈妈，我一定再陪您来。"

能陪妈妈去感受这个世界的美好，是我最大的梦想。我知道，通过这次旅行，妈妈从此将有好多改变，因为我的妈妈，在这里已经看到了一个崭新的世界，发现了一条属于自己的“回家的路”！

我会跟妈妈紧紧抓住北大公益讲座这条上帝放下的幸福绳索，享受着付出，践行着幸福!

幸福的密码

郎宇福　北京488志愿者

北京慧至堂要装修了，我有幸最早参与投标这个项目。梓林学长说："要接这个项目，必须了解北大公益讲座，必须去丫山听一二三阶的课程，去了才知道我们想要什么样的装修。"

于是我就带着任务也带着疑问，来到了丫山，住进了人间仙境——九成山舍。是什么力量让志愿者这样甘愿付出并享受付出？——我想解开这个谜。

说实话，第一次听到"光明圆融善"，内心一点感触都没有，随着课程的一步一步深入，我开始有感觉了。"放下名，放下利，放下自以为是"是北大公益讲座的"三个放下"。在我看来，名利都是身外物，而"自以为是"却是人的本能，要放下真的不容易。"自以为是"从字面理解，有两层含义：一是，认为自己的观点和做法都是正确的，不接受他人意见，形容主观，不虚心，亦作"自以为然"

解；二是，自以为别人也会与自己想的一样，其实可能别人与你想的就是不一样，结果就犯了主观臆断错误；三是，自己认为自己很了不起，为别人做了一点事，或者有一定成绩就高高在上，用“虚荣”“自满”“骄傲”“装大”来形容，再合适不过了；四是，站在道德的制高点，不食人间烟火，藐视一切，目空一切。

其实，我也是典型的第一种自以为是的人。随着讲座的推进，我逐渐明白，这个课程是让大家修自己的。第一功课就是做好“三个放下”。放不下，就会牵绊太多，何谈修行？放不下，怎能找回自己？

通过丫山四天三晚的学习，每天感受最多的就是快乐，看到最多的就是笑容，听到最多的就是光明圆融善。

有位经济学家曾经说过，你身边最好三个朋友的财富总和的平均数，就是你的财富，他们的人品就是你的镜子！来到北大公益讲座，我们要找的就是修行的同行人，真正的财富并不仅仅是物质的，更是精神的。

丫山三阶（13 期）最后一个晚上分享会，主题是“你的幸福”。大家席地打圈而坐，围着一盏红烛，这样的氛围很容易让大家打开心扉，当我听到小组的学长抹泪述说自己的遭遇，有的是和父母矛盾太深，仇深似海，而通过三阶学习，发现原来是自己的错，决心回去后，要改变自己，与家人好好相处；有的是从小单亲，相依为命，从小颠沛流离，缺少父爱母爱，通过三阶的学习，学会了接受，学会了理解和宽容，放下了心理负担；有的是爱情婚姻的不幸带来了伤害，仇恨不能释怀，通过三阶的学习，学会了站在对方立场思考问题，不再认为那是一种伤害了，原来一切都是在修自己而已……

听着学长的用心分享，我愕然了，我有他们不幸吗？我有他们的遭遇吗？没有！原来我一直生活在幸福之中，老话说得好："身在福中不知福"，说的就是我呀，人身自由、财务自由，有工作、有父母、有家庭、有健康、有房有车……

这晚的分享会让我彻底顿悟了，我告诉小组成员，我是幸福的，我一直在追求幸福，原来自己已经拥有，让我明白幸福不是别人给你的，幸福是一种感觉，幸福是可以自控的，只有让身边的人幸福，自己才会幸福，不让身边的人生气，自己也不会生气。

北大公益讲座是我们志愿者修行的道场，在三阶的学习期间，来自全国各地的学长，每个人都有自己的故事，期间吸收了很多的正能量，扩大了自己的气场。大家在"无为"的同时，也领悟了传播正能量的同时自己也得到了正能量。所以，如果每年都能定期抽出一些时间，与志愿者在一起生活几天，就是一种幸福。

这次有幸住在丫山顶上的九成山舍，这片别墅群坐落在群山云雾之中，每天清晨，我们都被清脆的鸟语唤醒，随着云雾，和着清风，与学长们摆开优雅的太极起式，惬意之心油然而生。期待着 6 月 19 日，再回丫山，见证北大公益讲座的"四喜临门"："第 600 场暨诗歌音乐舞剧《慧命之歌》"首演、"丫山国际志愿者村"揭牌、《道源揽胜》首发式、丫山讲师培训（3 期）开班！

时间

赵子沣　北京 380 志愿者

写这篇文章，是要告诉自己，我必须时刻关注它，别让它走得太快，离我太远，我怕自己会后悔。文章是写给自己的，有人喜欢，那是偶然。

时间，是我们生活在这个世界上对自己存在的一个最清晰的投射。假如时间停止了，那么，我们是否还存在呢？

2016 年 4 月 6 日早 5 点，我和小伙伴一起从北京出发，飞赣州，上丫山，准备为期 5 天的丫山之行。去年的 6 月 16 日，我跟随北大公益讲座的讲师团第一次上了丫山，对于丫山的一切一直难以忘怀——住在千年的道源书院，游着十八叠瀑布的卧龙谷，吃着原生态的食品，听着山里的歌谣。

回想我跟随北大公益讲座已经有一年半的时间了，可我的成长还是很慢，因为我一直改不了自己爱“踩刹车”的毛病。总是感觉还有很多时间，5 分钟后吧，10 分钟后吧，下午吧，晚上再说，明天再做，还不急，不着急嘛！最后总是到了快要结束时，才紧赶慢赶完成必须完成的事。就拿这篇文章来说，明知 4 月 25 日截稿，4 月 24 日我才开始动笔写，之前总是拿没有感觉、找不到思路、没有切合的主题等作为拖延的理由，借口好多好多……

梓林学长与唐岚学长多次跟我说，晚上 11 点前要睡觉，早上 5 点起来打坐，我对于他们的回答总是“嗯……”。这次到达丫山，梓林学长见到我的第一眼就说：“你昨晚没好好休息吧，看你一点精神头都没有。”我说：“是的，因为早上 8 点的飞机，我要早点起，所以一宿没敢睡觉，生怕睡过了头。”这也算理由？！现在想想，真惭愧，梓林学长没当场剋我，是给我留面子。

分房的时间到了，唐岚学长说：“你们占了大便宜了，给你们在山下的花海客栈留了一间屋子，你和谢辉两人就不用天天上下山了，这样可以有充分的时间休息。你们知道么？这个花海客栈仅仅用了不到三个月就建成了！”当时我感觉很不可思议，三个月，怎么可能？这么好的建筑，仅仅需要三个月？

惭愧！仅仅三个月的时间，就在野山坡上建成了一座酒店，可我在之前的三个月时间里，究竟做了些什么呢？我天天都在为几点起床和自己闹气，用唐岚学长的话说：“每次喊你起床，你都是一张黑脸。到了约定的时间，总看不到你的人影。做事也总是拖拖拉拉，一直等到最后关头，才赶着完工。”

这次丫山三阶，有的学长分享说：“你们好幸福，如果我像你们这么大就听到北大公益讲座，那我现在就不是这个状态了。”是的，从年龄上说，接触北大公益讲座的时间，我的确比他们早很多，可是如果我不能珍惜，将这些时间都浪费了，岂不是白活了？

时间，是匀速的、不停歇的。不管我们是动，是静；是勤奋，是懒惰；是高兴，是悲伤；是幸福，还是烦恼，它都会默默地前行。在我们悄然不知时，时间正渐渐流逝。

时间，是一个傲娇的姑娘，任达不拘！所以我向它妥协、顺从。因为我知道，自己永远斗不过它，该走的永远留不住。

时间，是一个马拉松的运动员，坚韧不拔！所以我跟它一同前行。因为我明白，跟随着它的脚步，可以走向远方。因为我知道，时间一定会到，跟着它，我总会到。该来的一定会来。

这个世界，也许会有太多的不公平。但是，老天对于每一个生命的最最最公平的特权，就是让我们拥有一样的时间。既然老天公平地给了我们时间，我们只有一个权力，就是要合理地运用好它，每天创造一个不同的自己。

如果没有了时间，我还会感觉到自己的存在吗？

让我们为真实的存在而活着！

修炼一颗灵性的心

彭玉涛　南昌 073 志愿者

2015 年 10 月，我第一次接触北大公益讲座。有一位朋友在微信上发了一条消息：北京大学公益讲座将在华东交通大学开课。于是，我就坐了一个多小时的车，赶到了华东交大。一听就是两个晚上，因为太晚，没有公交回去，就在同学那借宿。

讲座的最后一个环节是分享，我却没有抓住机会上台。当时只是想上台对一位老人在黑暗中，近乎呐喊般地带领我们飞到银河系的上空，表示感谢。因为，他的声音仿佛传递给我一种神奇的力量。

这次，一个人踏上去赣州的列车，前往丫山参加三阶，虽是一路颠簸，但对丫山之旅满怀期待。

我今年 22 岁，正处于最好的年华。在去往赣州的途中，已经被人称呼为“小伙子”，这与我在校园里就是不一样，心中充满着成长的喜悦。从赣州到丫山，一路上学长们称呼我“小年轻”，顿时感到自己拥有未来大把大把的时间，是多么富有。

这次三阶课程的学员年龄跨度比较大，最小的只有 12 岁，最年长的 83 岁高龄。我这种二十出头却还未出校门的学生还是比较少的，参与者普遍是三四十岁的年龄层次。因此，在和学长们交流过程中，发现自己能讲的太少，有时只是简单分享些自己的感受，更多的还是静静地听。

三天来，听到各位学长分享许多我从来不知道的东西，很多观点为我打开一扇扇明亮的窗户。梓林学长说这是营养，一下子太多我可能有点吸收不过来。觉得有道理，但没有实践，不敢有太多的想法。

在观看完盲人女孩的短片后，我的内心也是颇有触动。但自认为在这种心灵鸡汤式的故事中，“身经百战”的我也仅仅是有些感动而已。然而，当梓林学长走上讲台，说话间居然抹脸就哭了。这样一位老人，如此真切地在我眼前就因为一段视频哭了。我顿时觉得，这是多么纯粹的一颗心灵。人，特别是成年人，难得保留这份“初心”啊！而反观自己，在网络上各种催人泪下的故事中心灵慢慢变得麻木了，这是多么可怕的一件事。我才 22 岁，就已经心灵老去了吗？绝不应该是这样的！而后，韩磊学长上台分享，30 多岁的壮汉，居然也哭得说不出话来。那是情到深处的泪水啊！此刻，发自内心的崇敬油然而生。我多久没有哭了呢？这么一个老人和一个壮汉，他们的眼泪就这样深深打动我这个小年轻。我觉得泪水是一个人感知特殊情感的灵性所在，一个人要是能好好的哭，那一定很有灵性、饱含初心的。就像爱哭的小孩眼睛总是充满着灵动一样。那一刻我在想，还没有走出校门的我，已失去了哭的灵性了吗？

10 日晚上的课程很是特别，先是一个小时的禅修打坐，简单的放松后是音乐疗愈的环节。之所以说特别，不仅仅是因为内容特别，于我而言，更特别的是我哭了！眼泪流下来的那一刻，仿佛身上某种东西被重新唤醒。

伴着音乐，回忆起我22年的人生经历，许多画面历历在目。这时候，我只是像一个观众，静静地看着。当唐岚学长让我们用双手抱住自己时，顿时，不知道为什么我就哭了出来，强忍着身子一抖一抖的，眼泪还是迸发出来了。

是的，我好像不曾拥抱过自己。这样的一次拥抱，让我感动到哭泣，也悔恨到哭泣。22年来我没有抱过自己，没有好好爱过自己。虽然现在我还是一个学生，但很多时候已经不是自己了。其实内心有一个害怕极了的孩子，却不敢哭泣，只好围起一堵冰冷的墙，原本孩子般灵性的生命，渐渐变得僵硬。此刻是悔痛的泪水，我不敢去擦。

在我哭泣的时候，唐岚学长的声音又飘过来，静静地说道："其实幸福就是——自己"。这时的我，不知为什么哭得更厉害了，身子抖动得更剧烈。我不得不弓下背，头顶着地面，尽量让自己不哭出大声。我知道，心底有个声音在告诉自己："是的，就是这样的，幸福就是自己，就是此刻拥抱的自己。"抱着自己的双手更加用力，舍不得松手。这一刻是幸福的泪水，舍不得去擦。

回到房间，听着北大公益讲座原创散文诗的伴奏音乐，细细想着这几天来的收获。我想应该是丫山这个灵秀的地方，让我的心灵逐渐沉静下来。一首首动人的音乐、一篇篇打动心灵的诗文、一次次叩问灵魂的朗诵，点点滴滴地冲刷、浸润着我的身心。唤醒我心灵的灵性，让我在此刻发现幸福就是我自己。

梓林学长一遍遍地说，我们都是为了成就自己而来。创办北大公益讲座，不为什么，只为更好的自己。那么我想，拥抱自己，就是拥抱幸福；爱自己，幸福就随之而来。修炼自己心灵的灵性，不断去感受光明圆融善！

丫山音乐疗愈小语（二则）

王艺霖　广州 022 志愿者

（一）

2016 年 4 月 8 日至 11 日，北大公益讲座三阶第 13 期课程，在江西赣州丫山举行。我，第一次参加三阶课程。10 日晚，当课程进入音乐疗愈阶段时，随着唐岚学长的引导，随着微弱、飘忽的烛光，随着曼妙的音乐，我的心在升腾，在寻找……

那声音仿佛有一种力量，直直地注入了我的心灵。那是一双强有力的翅膀，黑与白相间的羽毛，乘着蓝色的风，发出“呼、呼、呼”的声音。顺着那蜿蜒的山路，越过绿色的山峰，跨过蓝色的河流，穿过拥挤的人群……，她在追寻什么，找寻什么，回忆什么……

那是一个模糊的侧影，伴着微弱的橘色的光，弥漫着稻米的清香；那是一个温软的身影，略微圆润的躯体，已然斑白的发梢，打开那扇门，依偎在床边的那个人，原来是妈妈。我趴在她的身上，感受着那熟悉而又陌生的体温，一只软软的小手，搭在了她的胸口，咿呀咿呀的声音，分辨出的是一个永不忘怀的妈妈。

我爱你，妈妈，原谅我渐渐把您淡忘，我除了是一个男孩的母亲，还是一个女人的女儿。原谅我渐渐把您忽略，我一直是您心中的那块肉啊，我知道，您疼爱着牵挂着的人，是我。我还记得，晨时吐露的花蕊，是您用双手悉心呵护，是您用坚强臂膀守护，才有机会在这个美丽的世界绽放一片芬芳。

妈妈，一颗游子的心，从未远离，妈妈，一颗游子的心，伴您左右。妈妈，一颗游子的心，已幡然醒悟。原来您从未离开我的心海，原来我从未走出您的世界，这是生命之受，也是慧命之缘……

（二）

那是儿时的梦吗？一件简单、快乐、幸福的事。走在蜿蜒的石子小路上，追逐花朵上的彩蝶，聆听夏日的蛙鸣。

那是儿时的梦吗？一件纯粹、无求、自由的事。遨游在精神的海洋中，分享新的力量，融合着不同的声音，碰撞出新的世界。

那是儿时的我吗？一颗糖果是我的快乐、妈妈的赞扬、爸爸的鼓励、朋友的理解，一切那么的简单。

那还是我吗？生活变成一个个条件，父母成为枷锁，朋友变为资源，连他都是猜猜猜。这一切真的是你想要的吗？

为什么？为什么不能再享受自由与快乐？为什么？为什么要被现实所囚禁？为什么？

时间不会在此重复，你不能再浪费生命。花些时间拯救自己，帮助别人是在成就自己，让生命充满光明圆融善。

幸福一直都在

刘燕　大余 029 志愿者

终于把北大公益讲座丫山三阶给盼来了！

课程开始前，最为繁杂的工作是路线指引和接机接站。我被安排去赣州机场接北京过来的工作人员和设备。当时的心情真的是紧张与激动并存，紧张是因为第一次去机场接那么多人，激动是因为杨玲学长也来了。在去年丫山“梦想者的天堂”课程上，我被她的声音所折服。这次竟然是我亲自接她，真是太好了。

四天三晚的课程“幸福是想出来的吗？”让我静下来思考：长那么大，我还从来没有思考过“幸福是想出来的吗”这个问题。

幸福是怎么来的呢？我幸福吗？带着这些疑问，我走进了丫山三阶。第一堂课的分组，完全没有准备，没有预料，恍恍惚惚地竟然听到唐岚学长叫我的名字，而且是第一组的副组长。我瞬间惊呆了！大脑一片空白，当时以为是同名呢，还四周环望。在全国各地

140 多名学长的课堂里，我这个新人，竟然是副组长，幸福来得太突然了！更加没有想到的是，心想事成，杨玲学长是我的组长！

课程中，我们要讨论幸福是什么，只有半个小时的时间。我把小组每位学长所说的话都记录下来。时间到了，还没准备好，话筒就已经传到我手上了。140 多位学长把目光投向我，第一次在这么多人面前发言，我的心情非常紧张，感觉空气都凝固了。不知道过了多久，或者有 10 秒吧，我总算挤出几句总结，我们一组认为："幸福是一种感觉，是一种心态，是无形的、和谐的，过得踏实、父母健在、儿女双全、不攀比、做真实的自己、爱自己、爱国家，做公益就是幸福！"说完后，我长吁一口气。

短片《幸福在哪里》讲述了一个"没手没脚没烦恼"的故事，看完我几乎是无语了，很震撼！身体的残缺并不可怕，可怕的是心智的残缺。只要有一颗积极向上的心，一样可以活得很精彩，甚至比正常人更优秀。"老天给你关上一扇门，必定会给你打开一扇窗"，就看你能不能发现这扇窗在哪里。看看他，再看看自己，是不是比他幸福？是不是应该比他更努力？当你纠结今天穿什么鞋子的时候，你不知道有些人是没有双脚的，所以他们不会有这种烦恼。我们之所以会烦恼，是因为我们拥有太多，追求太多，其实越简单越幸福！

印象最深刻的是方励的演讲《感谢你给我机会上场》，说到把工作、娱乐、学习融为一体才会快乐。我认为人活着快乐最重要，工作也是一样，一份工作喜欢就做，不喜欢要么不做，要么就改变自己，让自己喜欢这份工作，才会快乐。无论是"干一行爱一行"，还是"爱一行干一行"，总之是要有这个"爱"，才会有快乐，有快乐才不纠结，干得有意义。

虽然我在丫山承担的工作很忙，但我过得很充实，几乎没有时间来烦恼。因为我有一群关心我的领导，还有一群"吃货一族"（指我们公司酒店前台的微信群）的姐妹们，我想对她们说："有你们，真好！"谢谢你们长期以来包容我、成全我、迁就我、支持我、帮助我，我真的是一个最幸福的人，生活中工作中的点点滴滴，你们都让我不断成长，我越来越明白，这一切都是为我而来。

时间过得好快，11 日课程结束后，学长们纷纷离开丫山。下午我跟随班车送北京的学长们去火车站和机场，一路上我们有说有笑，而就在他们下车的那一刻，我好想哭！与每位学长拥抱告别后，坐上大巴车返回大余。

整个大巴车除了司机就只坐了我一人，于是，我发了一条微信说："一个人的大巴！"朋友们的回复五花八门：你真幸福，专车，大气，享受，土豪，贵宾，孤独美……转念一想，"一个人的大巴"这种机会真不多，这么幸福的事得好好享受。更值得享受的是这次三阶课程，正像梓林学长说过的那样："北大公益讲座的志愿者，聚起来是一团火，撒出去是满天星。"这团火花，刚才还在丫山点燃，现在要各自回家闪耀。

离别，不正是为了下次更好的相聚吗？想到"第 600 场暨诗歌音乐舞剧《慧命之歌》"首演又将到我们丫山举办，我心情瞬间好了起来！这次三阶，我学到了太多太多，只想好好感谢大家，感谢自己！

其实，幸福一直都在！只是我一直忽略了它，决定幸福的是自己的心。

只有去做，才不会白学

张继春　大余 006 志愿者

我与北大公益的因缘很久了。记得那是 2013 年初，当梓林学长、唐岚学长和其他学长走入宾馆时，我很好奇地看着他们，他们儒雅地在宾馆散步，清一色的蓝色衣服，我有一种说不出的羡慕。到了第二天接到通知，宾馆员工要去听讲座。大会议室门口，我看到两行身穿蓝色服的志愿者，非常真诚、热烈地为我们鼓掌、鞠躬时，心里不禁热了一下，因为我从小到大从未享受过这样的待遇啊，而且一看这些志愿者就是有很高修养与素质的人，心里由衷地对他们产生了敬重之情。

当坐在会场静静聆听梓林学长分享生命的看法时，我惊呆了，如梦初醒。因为那之前，我很少静下心来思考我的人生到底在追求什么，整天沉湎在物欲的世界里，成天与其他人比较物质多少，越比越痛苦。

随着音乐的旋律，唐岚学长天籁般的朗诵，让我渐渐地走入了自己的内心世界。那个时候我真的扪心自问：现在的这种生活状态真的是我想要的吗？我的灵魂去哪里了？我在追求什么？我又应该追求什么？迷惘的我应该怎么办呢？我仰视着讲台上的梓林学长，欣喜地喃喃自语："我找到了！我找到了你们！今天你们让我了解到了人生的真谛。我知道我今后的人生之路应该怎么走了。谢谢你们！"

这几年我陆陆续续地听了五六次一二阶课程，每次听完，都有不同的感想和更深的感悟：人要真诚地活着，为自己的心而活，活出真实的自己。慢慢地我努力改变自己，那种深深地扎根在心里的冷漠、傲慢也慢慢地被融化，逐渐让自己的内心变得真诚，虽然在别人看来，我或许没什么改变，但我知道，这才是真正的我了。我已经开始修自己了。

2015 年，韩磊学长说要成立大余慧至堂，让更多的人了解并加入北大公益讲座志愿者行列，我欣喜若狂，马上报名。拿到这件薄薄的蓝衣服时，我看着北大公益讲座的徽标，轻轻地对它说："我来了，我来了！"就在那一瞬间，我也感受到了这件衣服的重量与责任，穿上它，就意味着已经成为善的传播者；穿上它，就意味着要通过帮助别人来修正自己，更重要的是，要让自己从甘愿付出，进而到达享受付出。

大余慧至堂开第一次分享会时，我凝望横幅上那大大的徽标，默默地说：我将永远追随你。当志愿者纷纷来到会场时，我望着他们，在心里对他们说：我来了，我将与你们一起修行，共同学习，共同成长，一起回家，谢谢你们。

2016 年 4 月 8 日，我怀着激动的心，走进了北大公益讲座丫山三阶的课堂。因为我知道，我将进入北大公益讲座另一个新的阶段，我非常期待开启这段不一样的发生，它将是我生命新的开始，它将打开我生命的慧眼，让我快步成长。

三阶的精髓纷至沓来，我就像一块干涸已久的海绵，拼命地吸收它的精华，虽然它的精神有时很难用文字来叙述。

当梓林学长说“要放下寻求受尊重，不受尊重就不干的心态”时，我又一次幡然醒悟。我们的人生不就是在一次又一次寻求受尊重、渴望被尊重时承受着挤压、承受着失望、承受着痛苦吗？他人的看法真的就那么重要吗？就在那个当下，我忽然有一种超越时空的感觉，怜悯地看着过去的我，轻轻地对他说：“是你错了。”正如陈柯学长说的“他人就是地狱”一样，当我们的思维、我们的行为，整天只是贪求名利、满足无尽的欲望时，就会迷失自己，忘记自己真正的要。

随着课程的进展，我不断地解剖自己的思想，审视自己的行为，不断地追问自己：你真的放下自以为是了吗？你的心态真的平淡了吗？你是真的幸福吗？

完成赣州监狱四天三晚七场讲座的服务，回到家已经很晚了。我在公司微信群里看到，第二天值班的经理因事要请假，需要有人顶班。我想：“我已经如此幸福！这九天来，我一直跟着学长们学习，明天这个班，应该我来担当。”于是，我很自然很轻松地发了一条微信：“我来顶班。”我想，只有去做，才不会白学。

正所谓“路漫漫其修远兮，吾将上下而求索”，让自己越来越好的路还很长很长，但是有北大公益讲座的陪伴，真好！

找回自己

董剑磊　济南 208 志愿者

在很长一段时间里，我都是一个特别自以为是的人。在家里，我从来都以自我为中心，从来不顾及家人的感受，以致我和老公、爸妈及公婆的关系都比较紧张。他们都怕我，我自己也不开心，整天像一部挣钱的机器一样，除了生意，就是生意；除了赚钱，还是赚钱。

慢慢地，我变得不再是自己了。我越来越爱慕虚荣，不断用购物来满足自己的虚荣心。可是，很快我就发现：物质根本解决不了问题，我变得更加不快乐。家里没有一个人敢说我，老公对我也越来越冷淡，身处这样的环境，我感觉自己快要崩溃了。

一个偶然的机会，赵霞学长介绍我去听建新学长主持的济南慧至堂的分享会。这一次，我没有像以前听课时那样总是想睡觉，而是特别渴望听大家的分享。当建新学长说到“放下自以为是”时，我像挨了一记闷棍，如梦方醒：“是啊，自以为真是害死人！”

分享会结束后，赵霞学长告诉我，4 月 7 日在丫山开办北大公益讲座一二三阶课程，问我想不想参加，我毫不犹豫地报了名。

没想到，丫山三阶短短几天的课程，多次让我泪流满面，让我慢慢打开了自己、认识了自己，让我慢慢接受了不完美的自己，并暗下决心要开始改变自己。

课程期间，妈妈给我发来一条短信：“剑磊，你什么时候回来？”我一听，就知道妈妈在指责我。按我原来的脾气，我会不假思索地说：“我愿意什么时候回来，就什么时候回来！”这句话，我已经编辑好了，可是，正准备发送时，我停住了。我突然感觉到，如果就这样发送出去，妈妈一定会很伤心。我下意识地一惊：“我怎么竟然会关心妈妈的心情呢？”我知道，课程已经在让我改变，我开始对自己的念头有觉察了。想到这里，我便拨通了妈妈的电话，告诉了妈妈我回济南的时间。

妈妈听我平和的语气，显然比较开心，便告诉我，她想学车，但我从她的语气中可以感觉到，她说话还是小心谨慎的，生怕惹我生气。这件事，按我原来的脾气，肯定又会很不客气地对她说：“学什么学，这么大把年纪能学会吗？！”可是这一次，我没有。我对妈妈说：“好啊！您去学吧，您还这么年轻，干吗不学？您学会了，以后爸爸喝酒了，您就可以帮他开车了，多好！”

听我这么一说，妈妈非常开心。而就在那一刻，我才发现，原来让自己开心，让身边的亲人开心，是一件如此容易的事情。这么多年来，我一直忽略了这一点。而在妈妈开心的时候，我发现自己也被感动哭了，不知道是惭愧的泪水，还是幸福的泪水，总之流了满满一脸。

感谢北大公益讲座，让我认识了过去的自己，放下了不好的自己，找回了真实的自己。我相信自己从此再也不会迷路了。我要与北大公益讲座的志愿者一起共同学习，找到那个更好的自己。

学做快乐女人

曹凤华　北京 485 志愿者

忙碌的一天终于结束了，我静静坐在书桌前，满怀喜悦地回想着上周的丫山三阶之旅。还没有哪次旅行能像这次让我事后如此记忆犹新，心里一直充满快乐、不知疲惫的。

第一次听北大公益讲座的课程，是在北京的一个街道会议室。让我留下最深印象的是：那天的课不断地关灯、开灯，我眼睛一直在流泪；再就是梓林学长讲到的“生命是单向的”，给我一个当头棒喝。这么多年，匆匆忙忙的，一天又一天，从未曾认真考虑过这个问题，听到这里时，我突然觉得自己活得好糊涂，这么严重的问题，竟然被自己忽略了。

应挚友赵霞学长相邀，我带着好奇和对好友的信任，来到了丫山。在几天的课程当中，虽然各个环节安排得满满的，时间很紧张，但是我丝毫没有累的感觉，一直心情很愉快。每天和来自全国各地的学长见面，大家都礼貌相待，其乐融融。

课程结束的那个下午，我们几个好友坐车到山顶游玩。站在道源书院的院子里，向远处看去，重峦叠嶂、云雾缭绕，我瞬间觉得心静如水。我静静地看着这一切，好像忘掉了所有。虽然类似的美景在之前的旅游中见过无数，但唯有这次让我由内而外的感动，久久不愿离开。

几天的课程，真正让我敞开了心扉，在美景中感受到了自己的存在，开始用心感受身边点点滴滴的幸福。下山时，沿着瀑布边弯弯曲曲的石阶，我一路小跑，总是走在最前面，精气神十足。这样的身体状况，在之前的任何一次外出旅行或者工作出差时，都不曾有过。以往我一直都是走在最后面的那一个。

一堂堂精彩的课程、一个个精选的视频、一段段优美的音乐和朗诵，让我震撼，情不自禁地沉醉其中。当梓林学长讲到“放下名，放下利，放下自以为是”的时候，我想到，这些年，我一直像个小怨妇，抱怨老公不知疲惫地做生意，往前冲，还拉着我也一直被动地往前冲，老是在加油门，从来不知道踩刹车，这一切的一切都让我感到身心疲惫。听了梓林学长的话，我才恍然大悟，原来不是他让我累，而是我自己没有放下名和利，要想改变生活，就要从改变自己开始。

梓林学长告诉我们，要做一个快乐的人。而要让自己快乐，首先要让身边的人快乐，身边的人快乐了，自己才能快乐。这让我想起出发来丫山前的那个周末早晨。当我一遍一遍地叫孩子们起床，他们却无动于衷时，我便狠狠地数落了大女儿。吃早餐时，大女儿把受到的委屈发泄给了妹妹，妹妹又把怒气发泄给了弟弟，弟弟把怒气又发泄到了椅子上。整个早上，家里乌烟瘴气，全家人都在争吵和不快中度过。

事后，我也意识到，这不是我想要的生活，但这个想法只是一闪而过，忙忙碌碌的生活，让我没有时间细想以后该怎样去改变。

听了北大公益讲座的课程，我知道了我要做一个快乐的妈妈、快乐的妻子、快乐的朋友，让我的家庭充满快乐，让我身边的人感受到快乐。只有这样，才能让我的孩子们把快乐传递给他们的同学，同学再把快乐传给他们的家人；让我的老公把快乐传递给他的朋友、他的生意伙伴，让快乐这样一直传递下去。

一直以来，我都认为自己是在用全部的善良去爱孩子，老是要求孩子按我的想法这样那样。现在我才明白，孩子是独立的个体，是他们自己，不能按我的要求完成他们人生的功课。这个道理似乎以前也懂，但是知道和做到有很大的差距。听了北大公益讲座，我开始反思自己，并且下定决心，今后我要一点一点去做，通过做来改变生活，用智慧去爱孩子。

梓林学长说："做，就到了。"从丫山回来后的这个周五，看着总爱抱怨我不喜欢她的二女儿，我说了一句："宝贝你回来了，这周在学校过得开心吗？妈妈好想你！"女儿愣了一下，用别样的眼神看着我，我知道她感到奇怪，妈妈和以前很不一样。但是从她的眼神里，我分明看到她心里充满喜悦。这喜悦也感染了我，让我心情更加愉快。

周六早上，我叫了一遍起床后，开始准备早餐。我做好早餐，看到三个孩子还没起床，照以前的话，我会开始大叫，但这次我忍住了，想到"快乐可以传递，怒气只能更伤人"。我打开手机音乐，放出 TFBOYS 的歌曲，让他们听。等我把饭菜端上桌时，孩子们一个个都起了床，洗漱完跑到了餐桌前："老妈，做什么好吃的了，这么香？"这时候，我觉得无比幸福。一家人高兴地吃完早餐，愉快的一天，就这么开始了。

这才是我想要的生活，爱自己，感受到自己的存在，让自己的存在给别人带去快乐，自己也会更加快乐。

我想，我要继续学做一个快乐的女人。

遇见你，是最大的幸福

颜绿春　大余 608 志愿者

2016 年 4 月，一群蓝色志愿者来到了丫山活动中心，来到了我每天朝夕相处的地方，我以为我在做梦，能再次遇见这群蓝精灵，真的这不是梦。

去年 6 月，一个偶然的机会，我听到了北大公益讲座的一阶课程，当时感触颇深，并且决定开始改变我的脾气，之后我一直在等待，等待再次遇见这个使我开始学习改变的课程，等待一群蓝色志愿者的到来。

今天，北大公益讲座的学长们，就站在我的面前，是那么的真真切切。听着他们唱起《志愿者之歌》，我流下了眼泪，不知道为什么，就是莫名的感动，莫名的喜欢，觉得课程里说的，都是我想要的。我心里暗下决心：我不能再次与你们失之交臂，我要成为志愿者！

虽然，我只是活动中心的一名服务员，不能参与课程，但我看到你们穿着蓝色的志愿者服，真美！我毫不犹豫地买了一件，赶紧穿上，就是想和你们在一起。

也许我是最特别的志愿者，因为我还完全不知道什么是志愿者，也不知道如何加入，更没有去登记，只是自己套上衣服，心里觉得美滋滋的。

在丫山三阶（13 期）课程进行的过程中，我看到你们在认真听课，我也没有闲着，我一边服务，一边在门口旁听了三阶所有课程。虽然我只是在门口站着听完的，但感觉真好！每一个环节，都特别喜欢。

幸福是想出来吗？不，我觉得幸福是做出来的。课程中播放了一段老师与学生对话的视频，里面有一位同学说：我们教室有 24 个同学，每个同学有不一样的幸福。而在丫山一千多人里，我们丫山人却拥有一样的幸福，那就是丫山人共同的幸福。

唐向阳董事长让我们每个人都觉得这里就是家，当前经济不很景气的情况下，丫山给了我们一份稳定的工作，让我们不用外出，让我们这些有小孩的父母能够与孩子在一起，让孩子不做留守儿童，而且还可以照顾老人尽一份孝心。

每天工作尽管很辛苦，但一回到家，看见老人们围着孩子们开开心心的，一下子就感到很幸福，工作再累，只要看见这样的场景，心情一下子就舒服了。

一家人每天都能在一起，享受着天伦之乐，看着孩子和家人们开开心心、健健康康，就是我最大的幸福，这也就是丫山人的最大幸福。

想才会做　做才会到

彭志波　深圳 190 志愿者

幸福，是每个人一生的追求，但在追求的路上，到底有多少人是幸福的呢？幸福，是一种什么感觉，相信不同的人对它有不同的说法，但我的幸福，就是把自己想到的在实际行动中去做到。

说起与北大公益的缘起，还是因为身边有一个爱我的人。从认识她以后，我养成了看书和学习的习惯，从一个自卑胆小的人变成一个自信开朗的人，也是因为她开启了我的慧命之旅。在这里我要再次对她致谢："谢谢你，晓敏学长！感谢你一路的引导和指点，才让我明白了什么是幸福。"

在接触北大公益讲座之前，我是一个典型的完美主义者。对于身边的人，总是用自己的标准去要求，如果别人没有达到我的标准，我会开始自责，对别人的所作所为看不顺眼，就会生气，永远受情绪的控制。

去年我接触北大公益讲座的延伸课程："生命之受"，最喜欢里面的一句话："人生中所有的一切都会过去。"人生所有的忍受、承受，最终都要通过接受，才能达到享受。但仅仅的一次听到，只是让自己知道怎么回事，真正的理解是要在生活中去做。通过半年反复的学习和实践，现在，我对于自己身边发生的事，已经开始慢慢接受，有的事还可以慢慢地享受它的发生。

幸福是做出来的。以前和妈妈之间都不善于表达爱，妈妈对我的爱只会放在心里，有时还会让我感觉到她的偏心。其实，内心很想听妈妈亲口对我说："我想你了，我爱你……"有一天参加"亲密与亲子"分享会之后，我突然明白，我为什么不去努力和争取自己所要的呢？为什么不是自己去改变，而是要求妈妈去改变呢？

从那以后，我和妈妈通话的第一句就是："妈妈我好想你呀，你想我吗？我好爱你呀，你爱我吗？"最开始，妈妈还是不善于说出口，慢慢地，妈妈接到电话也会主动说："我想你。妈妈很爱你，只是不善于表达……"看到这一切的变化，我内心真的很开心，通过自己的做到，得到了自己想要的，也让我们的母女情变成了闺蜜情。现在，每一次和妈妈通话都感觉无比的幸福……

"组织没有问题，有问题的是你自己"。在"如何在一起"的分享会上，刚听到这句话时，觉得这不是公司的洗脑术吗？后来，通过不断学习，慢慢发现自己的愚钝。所有的工作都是为了成就一个更好的自己，所有的发生都是内在念头的一种实现。我成长了，公司只会暂时受益，而我却终身受益；如果我以消极的心态去生活，生活将充满阴霾，若我以积极心态生活，生活将充满阳光。现在，每天都觉得自己身上有一股劲，推动自己前行，不断去成就一个更好的自己，成就一个幸福的人。

对丫山三阶，真的想说一句：我等得好辛苦！去年 10 月份的三阶错过了，原定于 1 月份的三阶又没有开成。当得知 2016 年第一场三阶的课程在丫山时，我回公司后的第一件事就是请假。很幸运的是，那个爱我的人，很快就给我批假了。她说："你自己安排好自己的工作就可以了。"怀着希望三阶课程能改变自己的心，在等待的过程中，不断地要求自己用实际行动去做到自己的承诺，从此每天笑得很开心，与人的关系也越来越融洽。只是简单的做，为什么有这么大的改变？我知道了：想才会做，做才会到。因为我相信我的相信。

带着问题上了丫山，深深地迷上它，过了几天人间仙境的生活，与一群蓝色的精灵一起生活、互动、学习，所有的问题都解开了，自己的慧命之光又一次被点燃。接下来，我会用自己的做到，证明自己的说，是真实不虚，也会用自己的做到，去做一个幸福的人。

丫山四月

李先丽　济南 328 志愿者

细雨蒙蒙的四月，盼望已久的丫山之旅终于得以成行。

初入丫山，我就被那山雾缭绕的清新气息深深吸引。最喜欢下雨的天，老是感觉雨天可以让任何快节奏生活的人，都有了放慢脚步的道理，每逢雨天，好像全世界都有了等你慢慢走来的理由。

如约而至，北大公益的学长们都在这儿，我懵懵懂懂地走入了与井冈山三阶不一样的丫山三阶幸福之旅。

我一直都是个无法让自己认真听课的学生，课堂上的内容，总是有一搭没一搭地从我耳边划过……

可是渐渐地，时而一段深情的诵读，时而一阵振奋的掌声，学长们的人生哲理如圆润的雨滴，开始轻轻敲打我的心门，伙伴们的分享如丝丝的细雨，开始渐渐浸润我的心田。

此时，时光好像停滞在了这里，一切的美好仿佛凝固在这灵秀的丫山之中，这样一处人间仙境，让我们静下来看到了一个不一样的自己。回想我一生走过的路，好像总是匆匆忙忙，从来就没有好好看过这路上的风景。此时，我恍然大悟，“停”字不正是一个人在一个亭子旁吗？

曾经读过一本研究中国美术史的书，上面说：宋代绘画里凡是画亭子的地方，一定是景观最好的地方，绝对不会是随便画上去的，因为这个亭字的意义是，人生到了最美的地方，应该停一停，如果不停，就看不到美景。

我豁然开朗，北大公益讲座不正是那个亭子吗？！停下来，去听听自己内心深处灵魂的声音，去看看大自然美好的风光，去做一些自己想做的事情，停下来，去发现无所不在的美，停下来，做回那个我们想要的“自己”！

缓缓飘过的云海还在眼前显现，我的思绪却已经飞到了六月的丫山，清风阵阵吹过，看！北大公益讲座的“国际志愿者村”在欢呼声中揭牌，诗歌音乐舞剧《慧命之歌》在乡村活动中心首演，登载着我这篇文章的《我们共同走过》系列丛书第五辑《道源揽胜》在丫山首发，一群蓝色的精灵，正在青山绿水山花烂漫中飘动，我看到了我那最灿烂的笑容……

丫山行

杨静　天津 009 志愿者

因为目睹“双霞”同学（济南 157 志愿者贾春霞和济南 158 志愿者赵霞）听了北大公益讲座后的改变，也因为传闻中丫山的美丽，2016 年 4 月 7 日，我带着向往，带着好奇，走进了丫山，走进了北大公益讲座。

清晨听着清脆的鸟叫声，从睡梦中睁开稀松蒙眬的眼睛，空气清新得不忍浪费，或许是难得呼吸到这么新鲜的空气，所以早早起床去拥抱大自然。

顺着山间的小路，慢慢走去，时而看见青蛙在我的脚边跳来跳去，时而看到鸟儿在我面前飞来飞去，路两边的小花仰着甜美的笑容，迎接着我们这些新客的到来。路上时不时会遇上三三两两的学长，虽然彼此不认识，大家却都微笑点头打招呼，感觉好温馨。正是带着这种甜甜的感觉，我走进了北大公益讲座三阶的课堂。

四天三晚的三阶课程，让我受益颇丰。幽默风趣的梓林学长、严厉又和蔼的唐岚学长、声音优美而又慈母般的杨玲学长、绅士学者北京 777 陈珂学长，还有来自远方的日本 001 程波学长……着实让我感受到了这个群体的莫大引力。

比较浮躁的我，一直不能静下心反观自己的内心，想想自己这么多年一路走来，这样的生活是我真正的要吗？正如梓林学长问的："你快乐了吗？你让别人快乐了吗？"是啊，你自己都不快乐，怎么能让身边的人快乐呢？

我必须敞开胸怀去接受心灵的洗礼。我开始一层一层解开包裹着自己的外壳，慢慢剖析着……渐渐地，我看到了自以为是的自己，在单位因为我是老职工，总觉得自己比别人有经验、有能力，除了公司领导，总不把别人放在眼里，更别说圆融了。在家里我总是对儿子说："我吃的盐比你吃的饭都多，就按我说的办。"全然不顾孩子的想法，让孩子看不到我的善。

看到课程中的短片，我不由得一惊："这不就是我吗？"脑海中马上跳出老公喝酒后的画面，我在电话里歇斯底里地尖叫："你再喝，就死在外边，不要回来了……"无疑，我的语言就好像一把尖利无比的刀深深插在老公的心里，结果只是越来越糟糕，我的温柔哪里去了呢？我这是怎么了？我为什么会这个样子？我真的不想再见到他吗？我再也不能这样了，来自内心深处的一句句拷问，不由得让我深思以后究竟该怎么去做。

三阶回来后，接到儿子打来的电话："妈妈，我同学在厦大学金融的，在炒白银，我也想去炒。"依照我以前的习惯，会直接回答："这事你想都别想，绝对不行！"这次我改变了方式："儿子，你先了解一下白银的市场情况，再了解一下你同学现在的操作模式，好好分析做这件事的利和弊。当弊大于利时，这件事就没有可操作行了。”“好的，妈妈，你放心吧，我明白了，我会好好考虑的。”儿子回答道。

我已经发现我在改变，以这样的口气对话，我跟儿子的距离在不断拉近，彼此都能体会到相互的尊重。周五晚上接到老公的电话，听得出他又喝酒了，我把歇斯底里改成关切的声音问道：“亲爱的，你记得带心脏病的药，你的心脏不好，我担心喝酒会伤害到你的心脏。”我能感觉到老公在电话那头的吃惊，他稍停顿了一下道：“老婆，是我不好，让你担心了，我会注意的。”一刹那，我的眼眶湿润了……

想让自己及身边的人幸福，必须从改变自己开始，三阶的主题是“幸福是想出来的吗？”我觉得幸福是以想为基础，慢慢做出来的，如果想都不想怎么去做呢？一个好的女人影响四代人，我要做孩子的好妈妈、丈夫的好老婆、父母的好女儿、公婆的好儿媳。我相信只要我改变了，周围的一切都会改变。我会用我的做到，证明我的说是真实不虚。

丫山，谢谢你，因你而与北大公益讲座的三阶结缘，从而开启了自我改变的新篇章！

丫山，点燃我的慧命之光

李凤琴　安陆 008 志愿者

第一次接触到了北大公益讲座是在 2016 年 1 月 16 日。整整两天，我始终坐在第一排，全神贯注地听课。不记得有多久没有这样专注地在课堂上安静听课了，只知道，我的眼泪一再奔涌而下。

讲师团一行离开安陆之后，我的心情久久不能平静。当得知 4 月初要在丫山一二三阶连开时，我毅然决定报名参加。4 月 6 日，我们安陆五位志愿者一起出发，带着向往和好奇，一路欢歌笑语，踏上了丫山这片神奇的土地。

刚到丫山，就见到了早已在此迎候的蓝色志愿者，他们面带微笑，一直把我们送到了下榻的花海客栈。虽然不曾相识，但一句“学长好！”就让我们感到暖融融的。我忍不住调侃道：“终于找到队伍了！”

四月的丫山，春雨绵绵。每天晨起，凭栏远眺，峰峦叠嶂，云雾缭绕，如入仙境。雨后的空气格外清新，深吸一口气，丝丝清甜，沁人心脾。夜晚，群山沉睡，伴着蛙鸣和潺潺的溪水声入眠，梦中仿佛又回到了儿时的乐园。

五天的课程，在寓教于乐中轻松地进行着。来之前，我就听说这次三阶大咖云集。没想到，传说中的大咖们原来都如此和蔼可亲，还有些可爱。学长们幽默睿智的分享，让整个课堂跟着嗨翻了天，只恨时间过得太快。北京777志愿者陈珂学长对草根的慈悲心和对下一代的忧患意识，无不体现出一位艺术家的高尚情操；日本001志愿者程波学长现编现唱的才华，让人大饱耳福，大开眼界；杨玲学长的朗诵，如一泓清泉直击心扉……

4月10日晚上的禅修和音乐疗愈，让我感到意外惊喜，也让我收获颇多。喜欢瑜伽的我，这才知道，原来美好的东西都是相通的。这就是一个让人静下来沉淀的过程，如一杯水，只要停止搅拌，让它静置，杂质自会沉淀。

最难忘的，是音乐诗歌剧《慧命之歌》的演出。我们“惜缘组”朗诵的是《慧命之光》。在组长杨玲学长的编导下，一切都安排得井然有序。不愧是曾经的电视制片人，她的编导能力让大家叹服。更重要的是，她告诉我们，要用心读诗，用心感受、领悟和理解诗的内涵。

这首诗，我从来没有认真读过。这一次，借由排练和演出的机会，我猛然醒悟：四十多年来，我的生命好像从来没有被点燃过，更谈不上去点燃别人。我活得如此之小，如此愧对“唯人也，得天地之精，而最为灵秀”这句话！

“无论外面的风有多大，无论今后你走到哪里，请你一定记住，你的生命曾经被点燃过，你是一支有灯芯的蜡烛……”当站在舞台上，手中的蜡烛被点燃的那一刻，我豁然开朗，我知道，我的生命从此被点燃了……

感谢丫山，点燃了我的慧命之光。从此，我要尽情地燃烧自己，给他人带去光明和温暖的同时，让自己的生命不断走向慧命。

幸福之路通丫山

张晓莲　安陆 010 志愿者

2016 年 4 月 7 日至 12 日，北大公益讲座在丫山举办的一二三阶连开课程，让我再一次认识了一个真实的自己，拥抱了一个更好的自己。

丫山的这六天五晚，真是令人难忘。晨起，推窗倚栏，花海客栈“雨过山洗容，云来山入梦”的一派妙景，呈现在我的眼前；傍晚，学长们结伴行走在云雾缭绕的乡村小道上，仿佛走在通往幸福的路上。

今年的元月 16 日，蓝色志愿者第一次走进安陆，一口气开讲了七场。这样一堂直击心灵的课程，让我深入骨髓般喜欢。

3 月 23 日，梓林学长在“丫山云海图”上发了“丫山有片云作的海，云海有艘山做的船”的诗句，令我欣喜，欣喜的不仅是丫山云海的美，更是学长自由灵性的诗情。我不禁在朋友圈里回应了两句："莫道云海无舟楫，道源深处可扬帆。"怀着对丫山的无限向往，我决定克服一切困难，一定要去参加丫山三阶的课程。

在开课的第一个环节，当听到唐岚学长宣布"第 12 组副组长：张晓莲"时，我简直懵了。那天晚上，梓林学长告诉我们："三阶主要是修组长的。"于是，我知道了在接下来的几天，自己应该做什么了。事实上，三阶课程因为承担了组长这样一份责任，我特别受益，第一次学会用承担来战胜胆怯的心理障碍。

当课程中讲到"女人坚强的极致是温柔"时，我心中充满了愧疚感。想起临行前，老公说，他要参加在党校举办的演讲比赛，时间定于 4 月 15 日，希望我帮忙看看演讲稿，提点建议。说内心话，我对老公浓重的"安普话"（安陆普通话）实在不敢恭维，稿子一眼都懒得看，就给他泼凉水，劝他直接放弃。现在想来，我真是好过分。

4 月 12 日，我从丫山回到家，已经是晚上 7 点多了，一进门就看到老公将麦克风绑在熨衣架上练习演讲，我一下子就被感动了，于是，我把在丫山学到的演讲经验与他分享，并逐字逐句地讲解我对稿子的把握。我都不敢相信自己，怎么上了几天课，竟然会有如此耐心对待一场我不抱什么希望的演讲。

奇迹真发生了。15 日中午，老公发给我一条消息，告诉我他拿了本次演讲比赛的第二名。没想到丫山三阶的学习，还真让我找回了女人的温柔，并且在老公身上发挥了作用。我终于相信：女人的温柔可以激发男人的潜能。

而对女儿，我也同样缺乏母亲的温柔。今年的 3 月 8 日，本应是开心的一天。午休时，我无意中发现女儿躲在被子里玩手机，联想到上了高三，她的成绩一路下滑，无名火"噌"的一下子涌上心头，我把所有的愤怒归咎于她玩手机，顺手就掀开被子，抢过手机，狠狠地砸在了地上，并动手打了女儿。就在那一刻，女儿吓坏了……

过了一阵子，我平静下来后也忍不住哭出声来。再当我想起课程上梓林学长说过“智慧就是看一切发生都能笑得出来”时，认真反省自己所作所为，我发现，多年来是我想把女儿复制成一个曾经的自己，我一直以为我的坚强，源自于我的母亲对我的无视和苛责……

几天的冷战后，我平生第一次通过书信跟不愿与我交流的女儿进行了一次沟通，我为自己的冲动向女儿表示歉意，同时用了北大公益讲座中的许多人生道理激励女儿，坚持每天亲自为女儿做早餐，尽可能抽时间陪女儿。很欣慰的是，我的改变打动了女儿，她不仅从心底原谅了我，学习劲头也提升了，开始主动与我交流，并以学习上的进步回报了我的改变。

北大公益讲座给予我的最大帮助，是那些原创的诗朗诵。聆听《静心音乐》，可以让浮躁的心变得宁静下来；聆听《回家的路》，让我知道如何安放那颗浮躁的心；一首《灵魂的求诉》，让我找到了真实的自己，看到之前那个不完美的自己——

“老公，今天我有应酬，你做好女儿的饭吧。”电话那头老公失望的叹息。

“要我多做家务，少应酬也行，我干脆别上班得了，我天天侍候好你和女儿！”那种赚钱养家的霸气令老公无言以对，怒不敢言。

“女儿，对不起！妈妈今天有事，不能陪你买鞋了。”女儿一脸的不高兴。

女儿来电话：“妈妈，你煲的汤全给煮干了。”而实际上是我临时被邀去打麻将了，我也哭笑不得。

多少年来，这就是我生活的常态。在反思中，我幡然悔悟：有很多应酬，原本我是可以不出席的；很多承诺，原本我是可以向女儿兑现的；诸多家庭责任，我是可以承担起来的……可是我没有做到！

梓林学长告诉我们：北大公益讲座是修自己的。我如果想让身边的亲人走进这个讲座，与我同修，只有努力去做，让身边的亲人看到我的改变，用我全部的做到，证明我全部的说，是真实不虚。

为了让自己能够不被打回原形，我来到了丫山三阶。四天三晚的三阶课程，让我知道幸福的前提要先做好自己，做好生命中的每一个角色。我会倍加珍惜上天赐给我与北大公益讲座结缘的机会，迎接一个更好的自己。

“心灵之旅”丫山行

曾艳群　广州 029 志愿者

这几年因为感情经历与事业波折我变得颓废和抑郁，整个人的人生观、价值观完全模糊了，也迷失了。

2016 年 2 月 27 日，因为一次偶然的机会，我参加了北大公益讲座在广州的第一阶和第二阶课程。

当我走进北大公益讲座的课堂时，一群蓝色志愿者热情而整齐的欢迎、纯洁又真诚的笑容，让我感觉非常亲切。北大公益讲座课程是免费的，很难想象是一群什么样的志愿者无任何功利性、无组织、无纪律，自愿在全国各地推广这样一个公益课程，果真像北大公益讲座四个理念所宣示的“用我们的做到，证明我们全部的说，是真实不虚”吗？经历了社会与工作、感情与人性的种种魔拷之后，人会变得不再那么简单纯真，同时也一并失去了相信的能力，迷失了心灵的渴望。我就是这样，带着一大堆的疑惑进入课程。

随着音乐响起，我的眼泪开始不断地流淌，然后是配乐诗朗诵，不知道为什么，已记不清当时听到的是哪首诗，只知道我在那两天课程里，眼泪像拧开的水龙头的水，一直不断地落下。只记得当时的感觉，像是住在心里的孩子被人拥抱与呵护，并且关心地问候着："你还好吗？我们爱你！我们永远陪伴着你！"麻木很久的心，突然被关心、被呵护，这时才发现自己在不停地颤抖、哭泣，心里的小孩在这时感觉有了温度，心好像找到了着落，心灵有了归属，也觉得被人理解和被人懂得了。心就这样开阔了，慢慢恢复平静，好像那两天的眼泪清洗了我心灵的杂质，也放下了心里的那些委屈与不甘。一二阶课程结束后，我毫不犹豫地报名丫山三阶，我毅然决然地选择了跟随北大公益讲座走进丫山，来一场回归与净化的心灵旅行！

人的一生要走很长的路，有些路段撒满鲜花，有些路段遍地荆棘，但是选择了就不应该后悔。好几次梦见我和一群蓝色志愿者在一起，一起欢笑，一起歌唱，似乎每一次都能把烦恼消除。在去丫山之前，我不知道三阶的课程会给我带来什么样的惊喜与感动，但是我一直很庆幸，庆幸自己在最需要关爱的时候能够遇上北大公益讲座，庆幸还有能力让自己选择走到大自然中去看看美好的风景。

2016 年 4 月 8 日中午，我们 5 位广州志愿者一起走进了丫山，一路上我们静静地看着窗外带着薄雾下着小雨的丫山，闭上眼睛深深地呼吸这里的新鲜空气，感受着丫山古朴的气息。雾里层层叠叠的山峰，就像海市蜃楼一般，那么幽静，那么美丽，那么远，却又那么近。山雾袅绕，小雨淅沥，就像洗刷着山间树叶上的尘雾与看不见的尘事！此时的心情是喜悦的，就像走进了前尘前世久违了的故乡！为什么说前尘前世，因为我的家乡是一望无际的平原。但这里宁静又熟悉的味道，就像是久违了的故乡，我想应该是前尘前世在这儿住过吧！

雨越下越大，我们终于到达了丫山的花海客栈。我们被安排住在一间最纯朴最令人回味的“民宿”。带着喜悦与惊奇，丫山小妹带着我们穿过山坡上开满各种鲜花的田间小道，这是一条盘旋在花田间的鹅卵石路，两侧种着不知名的花和树，刚长出了新叶，小渠的雨水哗哗地冲洗着两旁的鹅卵石向下涌去。

走近民宿，旁边有个小鱼塘，民宿门口是个大大的空地，屋檐是童年的味道、老式的高门槛、木式门轩、木纹雕刻花窗。跨过门槛我仿佛又跨过了一段前尘往事，如释重负，站在堂屋深深吸了一口气，想象着童年的嬉耍与打闹的场景，有种热泪盈眶的感觉。

心在这一刻回归——在山水间回归世俗的纯朴，在屋檐下回归母体的童真，在堂屋前回归儿时的初心，心灵在这一刻慢慢宁静下来，真真切切被感动的眼泪又一次流淌。

带着这份喜悦与感动放下行李，我开始沿着房屋寻找童年的味道，民宿被翻新后仍保留着原有纯朴的风格与特色，多了些许客栈式统一设计的痕迹，虽然少了民屋的实用性，但更显得整洁朴实。

走到门口平台的栏杆边，才发现原来这屋是建在山边，一眼望出去，是无边的山景，山下就是花海客栈，闭上眼睛深深地呼吸，有种被山怀抱着的感觉……喜欢这种感觉，这是在城市中不能体会到的感觉。我的心灵在此刻又一次被震撼，久违的温馨，再一次让我涌出了喜悦的泪水。

接下来的是四天三晚的北大公益讲座第三阶“幸福是想出来的吗？”三阶的课程里，仍然是没有说教，没有灌输，只有诗歌与音乐，只有真情的分享与真诚的陪伴。三阶的课程，更像是一场自己与自己内心的对话，没有别人，只有自己，在不断地呵护那个遍体鳞伤、几尽干枯的生命，唤醒那颗枯萎的心，寻找那个迷失的灵魂……

音乐与诗歌的力量，再一次得到验证，我的心一次次被呼唤，一次次被温暖，一次次被疗愈，这是一段心灵的旅程，就像经历了一个世纪。

北大公益讲座原创的所有诗歌，现在还在我的耳边萦绕，此情此景我想起了《公益行》里的那句：“银河旋转，宇苍茫，心在飞。”在银河上翱翔时，我们才看到自己的渺小，渺小到一颗尘埃都不是。所以，那些我们所谓过不去的事，就更不算什么事了，心也豁然开朗，那颗受伤委屈的心灵，渐渐也开始从内而外地热了起来。心灵被一首首诗歌与一段段音乐给修复了，修复的心灵，就在当下开始回归。

每一位蓝色志愿者、每一个疼我爱我的人，谢谢你们！感恩我遇见的一切美好！

不再愚蠢下去

付坤明　深圳357志愿者

在2016年4月7日之前，我是一个非常愚蠢的人。之后，我相信自己不会再这样蠢下去。

在我们家，我有兄弟姐妹四个，我最小。1997年大学毕业后来到深圳，经过近二十年的打拼，在物质上，我已实现了财务自由。公司上市了，我是股东，同时也是副总裁。在公司，我是焦点人物，几乎一举一动都受到大家的关注。

在四十出头的年龄，便已有了这样的成就，我有一种深深的优越感和自豪感。然而，我发现自己越来越不快乐：我没有自由，不能支配自己的时间；我经常要参加各种应酬，每次应酬都离不开喝酒、熬夜，透支着自己的身体；我无法平衡事业与家庭的关系，陪家人的时间少得可怜，以致家人时有埋怨……

早在2015年3月，我的二姐——宝翠学长就已接触到了北大公益讲座，并开始在家人微信群里介绍讲座，还专门向我介绍过。她认为北大公益讲座可以帮我解决一些问题，但我根本没当回事。我上过 EMBA，听过太多专家教授讲课。在公司“一人之下，万人之上”的我，也经常给员工讲课，每次讲课，前面的座位都早早被一抢而空。这样一个“见过世面”的我，哪里听得进二姐的介绍？不仅听不进，还很不客气地对她说：“哎，你不要再跟我讲什么北大公益讲座了，我什么人的课没听过？”

二姐见我无动于衷，也不强求，但还是会偶尔在家人群里发一些与北大公益讲座相关的文章，但我从来不看。

2015 年 9 月，二姐辞职，准备带着我的外甥全程跟随北大公益讲座半年。这个“动作”太大了，真是“吓到宝宝了”。但我知道，二姐的智商和情商都不低，我相信她的选择。慢慢地，只要有空，我偶尔也会关注一下北大公益讲座。

2016 年春节前，二姐把北大公益讲带到了我的家乡——湖北省安陆市，一个很小很闭塞的县级市。课程走进了安陆市最高学府——安陆一中，我和二姐的母校，听众达 600 多人，课程深受师生欢迎。这个动作，又吓到我了。我想：看来，这个北大公益讲座好像真的有两下子。

其时，春节临近。从父亲和大姐的来电中，我得知二姐在家二十四小时照顾中风的母亲，无微不至，他们都对二姐赞赏有加。他们对我的外甥——小河的表现，也频频点头。即将回家过春节的我，有点按捺不住了，我想知道，是什么力量，让他们发生了如此巨大的改变？

就这样，带着好奇的心情，在 2016 年 2 月 4 日，腊月二十四，我走进了二姐在安陆主持的“生命之受”分享会。听完分享会，就觉得视频上这个老师讲得很好，而且我记住了“原谅、感谢、惭愧、受”这四个词。除此之外，也没有十分特别的感受。

回到深圳后，我又投入到紧张的工作中，生活跟原来没有两样。我依然充满烦恼，充满困惑。这时，二姐已和我的太太“合谋”，帮我报名了丫山三阶，并且交了钱。

就这样，在亲情的“绑架”下，我走进了丫山。我当时想：工作这么忙这么累，就权当去休息几天吧。

没想到，我又错了。一二阶听完后，我已对梓林学长佩服得五体投地。长这么大，还没有见过谁这样讲课。他讲的“的啦”“小红花”“三七二十八”“一切都会过去的啦”，如此浅显易懂。可如此浅显易懂的道理，我似乎从来没有思考过。

尤其让我感动的是，在禅修环节，在一个小时的打坐时间里，所有人都安静止语，享受宁静的片刻。梓林学长却还得用言语引导着我们，一圈又一圈、一平方厘米又一平方厘米地帮我们觉察身体的每一个部位。一位年近花甲的老人，整整讲了一个小时。他究竟是为了什么?

还有陈珂教授，学识如此渊博，却又如此谦卑。想想自己平时在公司的得瑟样，实在惭愧!

还有各位学长的分享，让我深深震撼，原来，我一直活得这么愚蠢!

我愚蠢得根本就不认识自己。我曾经无数个夜晚，在酒桌上、牌桌上或是KTV里耗费自己的生命，把最宝贵的休息时间拿来熬夜，以致这么年轻就患了高血压。同时也换来了妻子的埋怨和家人的不满。

我愚蠢得经常把最难看的脸色送给最亲的人。在公司讲话高谈阔谈、眉飞色舞、谈笑风生，员工越鼓掌，讲得越带劲。回到家却总是冷若冰霜，还振振有词“不知道跟家人说什么，没有共同语言”。

我愚蠢得“赚钱有能力、花钱没智慧”。我穿名牌衣服鞋子，戴名牌手表，用名牌箱包，却经常用快餐对付自己。还告诉自己“吃快餐是在节约时间”，却不知道时间节约下来干吗了？

丫山三阶，让我猛然醒悟：原来，是我自己把生活过拧巴了！是我咎由自取，自己让自己不快乐。怨不得天，怨不得地，怨不得任何人！

感谢我的二姐和我的太太，是她们“连蒙带骗”把我“忽悠”进了北大公益讲座的课堂，让我看到了一个真实的自己。从此，我相信自己不会再愚蠢下去了，我要用自己的做到，找到那个更好的自己。

我是世上最幸福的人

刘盛森　南康 000 志愿者

感恩大家，感谢一切，感谢点燃我生命之光的每一位学长，我是这次北大公益讲座丫山三阶的最大受益者，我感觉自己就是世界上最幸福的人！

世界就是这么巧妙，本来因报名太迟，我已经与北大公益讲座丫山三阶无缘，但上苍却如此眷顾我，机缘巧合，不仅让我进入了课堂，还让我太太也一起接受了这次心灵和灵魂的洗礼，让我们的生命得到了一次重生与绽放……

结业后，在回南康的路上，我妻子当着所有学长的面说：“我感觉我以前真的糊糊涂涂地活了半辈子，听了北大公益讲座，才算活明白了。今后，我一定要把老公的爸爸妈妈，当成自己亲生的爸妈，不管公公婆婆是对是错，我都要全部接受他们，不再与他们争论，我只负责对公婆付出我深深的爱，多去发现公婆身上的优点，全部接受他们的一切。以前，我怎么就那么在乎别人对自己的一句微不足道的评价呢？听了北大公益讲座，我再也不去纠结了。这次在丫山的山水之间，我终于了解了大自然为什么那么快乐，就是因为大自然能默默地容纳一切，所以它快乐。”

晚上回到家里，正好女儿晚自习也回到家，妻子主动找女儿谈心，向女儿道歉说：“欣欣，以前妈妈在很多方面真的做得不好，妈妈从未走进你的心里，从未想过你的感受，并且因为弟弟比你小，把更多的精力关注在你弟弟身上，而忽视了你的存在和感受，其实妈妈是一样地爱你和弟弟的，妈妈向你道歉……”

“哇”的一声，女儿放声大哭了起来，像一个受了天大委屈的孩子，因为感受到了爱，女儿边哭边说：“妈妈，我也有很多方面做得不好，以后我一定改，做一个更好的自己。”

这一刻，我更深地感受到了北大公益讲座的力量，它使我的家庭从此走向和睦。家和万事兴，这是用多少金钱都买不到的……心结的打开，不仅解脱了自己的痛苦，也将给身边的人带去更多的快乐和幸福。

从改变自己开始

王永平　安陆 065 志愿者

丫山回来，已经一个多星期了，脑海中还时常回想起一群蓝色精灵互相温暖、互相点燃、其乐融融的场景。

还记得 7 日报到后，入住花海客栈。我的室友是来自内蒙古乌海的魏强学长，他是一位豪爽的大哥。

第二天早上 6 点，睡到自然醒，出门晨练，雨后的丫山满眼翠绿，远处云蒸雾绕，四周宁静祥和，林子深处传来小鸟清脆的“歌声”。哦，这里太美了，这次真是来对了。

有缘接触北大公益讲座，是因为参加王铮学长的生日宴请，因大家约好饭后参加北大公益讲座的分享会，二十多分钟就把生日宴吃完了，既没有饮酒也没有扯闹。当时我心中就有点纳闷，以往的流程应该是喝酒、K 歌或麻将，是什么样的讲座，那么有魅力，让大家有了这么大的改变？

我和小女儿跟着到了分享会现场，中途妻子也来了。会场布置得别具一格，墙上贴着“从生命到慧命”“光明圆融善”的条幅。虽说不知是什么意思，但听到视频中的一些说法，还是挺受用的。于是期待着再参加下一次分享会，渐觉得离北大公益讲座越来越近。

生活继续又回到原点，还是会为一些生活琐事我和妻子意见不统一，生气，吵架，冷战，和好，周而复始。火爆脾气还是一点就着，久而久之这个毛病也开始伤害女儿，对女儿说话也是气冲冲的，有时随口答应女儿的要求，却又没有放在心里，随后就忘了，还反过来指责孩子这个错那个错，结果与孩子的关系也越来越冷淡。

日子过成这个样子，时常扪心自问，为什么会这样呢？这不是我想要的生活。

这次在丫山学习了一二三阶的课程，我才明白生活中我是一个毫无智慧的人。修炼还不够，心量也不大，尤其是跟妻子、女儿之间沟通严重不足。

梓林学长告诉我们：“一切都会过去的啦！”是的，我要是早一点听到这个讲座，就不会跟老婆生气了。

上二阶的时候，我被梓林学长点名回答问题，“最近一次看日出是什么时候？”“那天的太阳是从哪边升起的？”我犹豫了半天，才回答：“是从东方升起的吧。”引来哄堂大笑。

课程期间，梓林学长一再强调，志愿者要先搞定自己，自己改变了，变得更好了，才可以影响身边的人，千万不要想着改变别人。

回到安陆的一个周末，我跟妻子商量，接几个同学到家中玩。妻子欣然同意。做早餐时，发现她前两天做的水饺，因我没放在冰箱里，已经变味了。她很生气，埋怨我。如果是以前，我肯定会跟她理论两句，找出各种理由不认错。而这一次，我已经有警觉了，只是点头：“嗯，是的，是我的错，老婆大人你说的是对的。”老婆唠叨两句，也就不说了。这件事也就过去了。

接下来准备中午的宴请。到了 11 点多，我去接女儿顺便买了酒回来，气喘吁吁地上楼，老婆又说我了：“去哪里了？朋友来了也没人招呼！”我刚要发脾气，脑子里灵光一闪：“光明圆融善”，不要生气发脾气。“嗯，我去接孩子了。是我没有安排好，没有提前做好准备，早上应该跟女儿说一声，让她放学自己回家，这样就不会让你手忙脚乱，又弄饭又要招呼客人，都是我考虑不周。”就这样，一整天下来，虽然都有吵架的机会，而我却没有生气，没有发脾气。老婆偶尔唠叨一两句，因为没有对手，也就偃旗息鼓了。快乐的一天过去了，这种感觉真好。

从不发脾气不生气开始，只是做了一点小小的改变，就让人有好心情，快乐起来，何不坚定地修炼下去呢?

真的要感谢北大公益讲座，感谢一群蓝色精灵、一群好人、一群有梦想的人，让我找到了幸福快乐的途径。我既没有名，也没有利，何不放下自以为是，轻装上阵，成就自己呢?

花海拾瓣（1）

王萍　刘志强　刘丹

（一）

2013 年母亲节那天，迷失的我，终于找到了回家的路，在北京香山脚下，走进了北大公益讲座的课堂。是一首《灵魂的求诉》让我泪奔，让我的心安静下来，发现自己真的把自己弄丢了。接着我就去了庐山上三阶的第 1 期。

虽然，一直在跟随北大公益讲座，但一路走来，并不容易，每次离开了课堂，一回到生活中，就马上打回原形。一次次看到退转回去的自己，感到很无助，没有办法面对，不能接受自己。后来，开始去报各种课程。却发现任何一个地方的课程，都没有北大公益这么“纯粹、纯洁、纯净”，这么“尽善、尽美、尽心”。尽管北大公益讲座是“无组织、无纪律、无收入”，但是每次课程，全程安排都让志愿者们非常安心、舒服，有回家的感觉，好像妈妈的怀抱。

这次丫山三阶归来，女儿对我说："妈妈，我听到最重要的话就是'自己是自己，别人是别人'，我以后再也不要活在别人眼中，我要做自己。不为别人的评价和标准活着。我以后要多去参加北大公益讲座的课程，我喜欢三阶的'音乐疗愈'，整个过程我感觉只有我一个人，好安静。"听到女儿的分享，我真要好好谢谢自己，这次给了自己和女儿一个机会，走进了丫山三阶，让母女俩得到了共同成长。

（王萍　北京 200 志愿者）

（二）

在以往的学习生涯中，一直是在学习和掌握外在事物的各种知识、技能和谋略，总觉得缺少了一点什么。自从听了北大公益讲座，才明白原来是少了对于自己、对于生命的解读和了解。

在第一次听"从生命到慧命"时，当浩渺的宇宙呈现在眼前，我感受到人的渺小和短暂，那一刻，所有的骄傲和自以为是都烟消云散。自己曾经就是一个自命不凡，爱给别人出点子、提建议的人，总觉得自己是对的，其实是错得太厉害了。

进入对慧命的体验后，北大公益讲座又让每个人看到了生命的伟大。当我们重新回到内心，开始告别虚伪和贪欲，亲近光明圆融善，生命就开始走向慧命。

人生固然需要学习很多的知识，但关于生命的课程却必不能少。真心希望有更多的志愿者站出来，带着光明圆融善，把爱传播得更广、更远。

（刘志强　大余 016 志愿者）

（三）

刚与北大公益讲座在江西结缘时，我就是一张白纸。不懂什么是谦卑，不懂什么是自以为是。

我第一次接触北大公益讲座听的是第二阶课程“光明圆融善”。梓林学长说到志愿者的“三个放下”，最难的就是“放下自以为是”，在我看来，这是人的本性，怎么可能做得到？！

当听说三阶会在丫山进行四天三晚的课程时，我好兴奋啊！那段时间正是我工作不太开心、生活感觉枯燥情绪最低落的当口。听到这个消息，心一下子就平静下来了。“用我们的做到，证明我们全部的说，是真实不虚”，你做到了吗？我反问自己好几遍。

7日晚上，我看到一群穿着蓝色衣服的学长走过来的那一刻，心情激动无法形容。第二天下午，我们正式进入三阶的课堂。

开课之前，唐岚学长邀请大家主动去认识身边不认识的人，当时我真的觉得好尴尬呀，但是，我看到旁边的学长们都聊嗨了，我就想：要是跑到大街上去和路人握手并自我介绍，人家肯定觉得你是个疯子。我一下子明白：为什么我们会穿上这样一件蓝色的志愿者服，愿意和这么一群蓝精灵相聚在一起？

（刘丹　大余 013 志愿者）

花海拾瓣（2）

吴峰　余虹　卢育锋

（一）

生活的奇遇妙不可言。参加了北京大学公益讲座五天四晚一二三阶课程学习，我到现在都觉得还在一场梦中，美好得不忍去惊醒。这场心想成真的学习旅程难以忘却。

之前我经常来丫山，知道山脚下有一两栋民房，当时心想，如果梓林学长能够安排我和卢育锋学长住民房，住山脚下那间温暖的小屋，近距离地感受山的崇高和厚重，就好了。当我们去报到时，看到住宿安排表，果然住罗家民宿，我和卢育锋不约而同欣喜大笑："果然梦想成真！"

一二阶学习开课前，唐岚学长特意嘱咐我们穿蓝色志愿者服装全程参与服务，穿文化衫认真听课，我毫不犹豫地穿上蓝色的志愿者服去全程服务；梓林学长的幽默风趣让听众们通俗易懂地了解从生命到慧命，了解光明圆融善的力量；此时的我特别想到前排更清楚地听课，就在这时，梓林学长发现前排有一个空位，仿佛看透了我的心："吴峰，你到第一排来。"我转头告诉身边的伙伴："他怎么知道我想过去？"就高高兴兴地坐到了前排，果然心想事成。

三阶课程要分组，我想，我上过井冈山三阶，唐岚学长肯定会安排我当副组长，而且会有一位资深的女组长带领。一直等到"11组组长许红，副组长吴峰"，我真是高兴得要跳起来了。建新和许红学长夫妇，正是我从赣州车站接上丫山的，一路上我们聊得很开心，早已感受到了她的温柔及秀美。因为我傻傻的、笨笨的，梓林学长特意安排智慧的学长和我在一起，又是一个大惊喜。

（吴峰　大余116志愿者）

（二）

4月12日晚，我带着丫山泥土的芳香，依依不舍地踏上了新的旅程，随着火车一路辗转江西、上海、江苏、连云港，随处分享着丫山三阶的快乐！转眼一周过去了，丫山三阶的一幕幕还在眼前。

丫山的山美，人更美！丫山的学长用那份充满无限爱的热情，给我们诠释了丫山的人文之美，也昭示了为什么北大公益讲座会把这里定为"国际志愿者村"。

为什么有这么多人与北大公益讲座有缘？因为一个慈悲的生命，是用来创造爱的，就算是地老天荒，也愿陪伴善良，付出生命所有，去帮助别人；因为一个智慧的生命，相信一切都会过去，淡然放下自己，与一群善良的人，共同追寻光明圆融善。

我原本是一个特别自以为是的女人，带着爱的面纱，常常用最积极、最努力、最热心、最刺激的方法一次一次地伤害我最爱的家人跟亲人！因为缺乏做母亲的智慧把一个善良的孩子几乎给毁了。曾经我自认为北大公益讲座太好了，却没有在自己身上下功夫，强行把青春叛逆期的儿子带进讲座听课，结果我听到了儿子最强烈的反抗："郭老师讲了，要放下自以为是，我看家长都很自以为是！"当时，我觉得真是愧对讲座的教诲！儿子一语点醒梦中人，北大公益讲座不是用来馈赠他人的礼物，更不是用来修理他人的武器装备，而是自我修行的道场！专治我的自以为是！我深知，知道做不到，等于不知道。智慧是用来行的，只有做了，才能到。我不光明圆融，伤害的只会是孩子天生的善念！从此我开始做自己的功课，坚信只有妈妈好了，孩子才会得救！要还孩子一片自由的天空！

我特别庆幸自己能听到北大公益讲座，觉得这个课程就是为我开设的，一次次地跟随北大公益，不断地审视自己，了解自己，寻找自己，一直怀着一份感恩的心，用自己的做到，给我的亲朋好友推广这个课程。

（余虹　北京108志愿者）

（三）

跟随北大公益讲座已经三个多月了，之前都是上的延伸课程，一直傻傻地听，傻傻地做，我知道修行是一个漫长的过程。终于有机会参加五天四晚的一二三阶连开课程，我激动不已。

过去的我，总是向外求得多，向内求得少；总是想得多，做得少，更别谈什么付出了。每天都很在乎别人怎么看自己，活在别人眼里，攀比，嫉妒，志大才疏却又自以为是，晚上躺在床上满脑子各种各样的"如果"，早上起来，无精打采，浑浑噩噩，过一天算一天。要感谢北大公益讲座，让我认识到了自己的不足，开始学习改变自己，开始了解“生命的伟大”和“活着的意义”。

课程中，我记忆最深刻的是《宇宙旅行》，那次是真正看到了宇宙能量的无与伦比，《飞天》之后，整个人的感觉是突然豁然开朗，许多生活和工作中的心结，完全被打开了，心量也扩大了，不那么纠结了，那一刻真的放下了许多，很轻松的感觉，真的很美妙。

（卢育锋　大余121志愿者）

花海拾瓣（3）

唐语麟　卢强　叶雪峰

（一）

2016年2月27日，我第一次接触北大公益讲座，只是一个微信链接推荐，我就被六个红色的主题大字“从生命到慧命”吸引了。由此与北大公益讲座结下了或许一生也不会割舍的情缘，用“一见钟情”这个美丽浪漫的词来描述这个机缘，我想是再恰当不过了，人生“始如初见”，而且后面还要加上个“情定终身”！

最幸运的是，第一次听北大公益讲座，我选的座位是第一排，就在梓林学长的鼻子底下，整整一天的一二阶课程，梓林学长仿佛就是为我一个人在讲，我当时根本感觉不到别人的存在，这种感觉真的是太神奇了，简直是妙不可言！

正像我的恩师曾经告诉我的：“宇宙中任意的两点都是有波段的，只要有了感应就会实现！”一阶课程中的《宇宙旅行》，让我有了亲临银河其境的感觉，仿佛印证了自己的那点小小感应。就像北大公益讲座的第四个理念："我们坚信，心能转境，决定幸福的是心而不是脑。"梓林学长还说过："相信并坚持去做，就一定会实现，如果还没有得到，那是因为后面还有更大的！"

感恩我的董事长韩敏，是他的指引，让我非常幸运地在人生过半的时间，找到了自己的精神家园——北大公益讲座。世间就是有这么的巧合，谁知道呢？缘分到了，福气有了，心愿使然，一切就来了！

（唐语麟　广州 100 志愿者）

（二）

人这一辈子，忘不了的事情有很多。有的人忘不了刻骨铭心的初恋；有的人忘不了年少轻狂的风流；有的人忘不了金榜题名时的狂喜；有的人忘不了功成名就时的辉煌……而我，却忘不了在北大公益讲座的时光。

还记得，那是 2015 年 12 月 20 日，在赣州皇厨酒店，我参加了松文学长主持的"生命之受"分享会。那是我第一次接触北大公益讲座。当听到刘念学长静心诗朗诵时，不知道为什么，听着听着，我的眼泪"刷"的就流了下来。

得知今年 4 月 7 日将在丫山——我的家门口开办三阶，我非常兴奋，赶紧报了名。四天三夜的课程，已让我深深地"恋"上了北大公益讲座。

我忘不了"一切是自己，自己是一切""你怎么样，就会怎么样"。年轻的时候，我非常不懂事，没有责任心，天天沉迷于麻将、扑克之中，不能自拔。最终自食其果，事业不成功，家庭不完美，走了一段很长的弯路。现在，我反而要感谢这段苦难的日子，它磨炼了我的心志，增长了我的智慧，我终于了解，生命如此珍贵，要好好珍惜。

我忘不了“一切都会过去的啦”。从前的我，斤斤计较，凡事都喜欢与人争个对错。开车遇到乱变道，或是晚上开车不开近光灯的车主，我会逼停他，狂爆一顿粗口，有时甚至出言不逊大打出手。现在，我知道了“人生不计一时之长短，不计一日之高低”，知道了“自己是自己，别人是别人”，与人为善才是根本。

我忘不了“用我们的做到，证明我们全部的说，是真实不虚”。丫山三阶回来后，我开始主动在家里做家务，拖地，洗碗……一天晚上，我端了一盆热水给母亲洗脚，母亲哭了。转过身的时候，我也流泪了。从此，我知道了，只有自己好，才能让身边的人好起来。

我忘不了梓林学长的朴实语言，忘不了陈珂学长的和蔼可亲，忘不了唐岚学长的沉静稳重，忘不了吕静学长的如花笑容，忘不了宝翠学长的温柔善良，忘不了吴峰学长的阳光笑脸，忘不了蓝色志愿者的真情流露……

我更忘不了光明、圆融、善，求真、创造、美。这些都是我这一生追求的目标。

（卢强　赣州627志愿者）

（三）

北大公益讲座，如果没遇到你，我还是那个我，偶尔做做梦，然后，开始日复一日的奔波，淹没在这喧嚣的城市里。茫茫人海中，独自行走；繁忙的工作中，寻找慰藉。

北大公益讲座，如果没遇到你，我还是那个我，我不会了解，这个世界还有这样的一个你：无组织、无纪律、无收入，非宗教、非政治、非灌输，一心只是为了对人有帮助。

北大公益讲座，如果没遇到你，我不会相信，有一种色可以百看不厌——蓝色，有一种人一见面就觉得温馨——志愿者。就是从认识你的那天开始，我开始体会：什么叫光明？什么叫圆融？什么叫善？什么样的叫远？什么样的叫近？远是距离，近在心底。

北大公益讲座，如果没遇到你，我不会养成这样一个习惯，收集你的文字，收集你的图片，收集你的欢笑，收集你的感情，收集你的一切的一切。

北大公益讲座，如果没遇到你，我怎会理解好人要抱团，加入北大公益志愿者这个大家庭，释放了自我的彷徨与无助。含泪的沧桑，无限的困惑，因为遇见了你，才让发生有了更深的意义。

北大公益讲座，如果没遇到你，我怎么会了解，生命之间？我又怎么会知道，生命的存在？我又怎么会晓得，生命的方位？又怎么明白，生命的特征？怎么会想到，除了生命原来还有慧命？

北大公益讲座，如果没遇到你，我还会留存许多不可原谅的记忆，怎么能知道一切都会过去，而且要学会说："的啦。"怎么会知道所有的发生都是对的，只是每个人的功课而已。

北大公益讲座，如果没遇到你，怎么能够感悟到，一份爱只有达到彼此不欠，方可以维持长久？如果没遇到你，我仍是我，你依是你，只是我会错过人生最绚丽的奇遇！

（叶雪峰　大余 222 志愿者）

初茶

韩磊　大余 001 志愿者

初次遇见这株古茶树，是十年前。

那时，山路崎岖，确切说是连路都没有。跟着山民向导，我们第一次走进丫山，走进那条布满瀑布的卧龙谷。瀑布轰鸣，偶尔几只野鸟扑棱棱飞起，它，就那么安静地靠在一块岩石上，树干有碗口粗，叶片绵绵密密。

如果不是向导说这是一棵茶叶树，我们都没有人注意到它。这是一棵至少有三百年生命的老茶树，顽强地在岩石间生存着，堪称丫山的茶王。

十年来，丫山发生了翻天覆地的变化，由一个小山村，变成了国家 AAA 级景区、江西 AAAAA 级乡村旅游示范点，一栋栋漂亮的木屋拔地而起，一群群各色的游人来了又离去……十年来，老茶树依然矗立在那里，无人采过茶，亦无人留过意。不知几百年前哪位神仙抑或樵夫，在这深山种下了这一株茶树。正所谓物比人长久，就是这个理。

前日，和几名同事调研峡谷互动设施，惊喜地发现它的茶芽正绿，细嫩如玉。相遇，就是缘分，恰逢清明前，山茶最香时。我们决定采下这珍贵的三百年古树茶，费尽周折，采下生茶芽不足一捧。可怎么制出来品尝呢？成了一个难题。因为量实在太少了，同事只好百度了绿茶制作工艺，按图索骥，竟也被他炒制成功了。

初见，一毫毫茶叶，勾勾描描，煞是好看，初闻，一种难以言表的清香，瞬间扑满鼻翼。大家小心翼翼地冲水，期待着甘香入喉。而初尝，竟淡无茶味，再饮，涩苦难咽。我们还以为，就这么简单就可以制出绿茶。看来，不是那么容易，真可惜了这一杯古树茶。

品着这杯不一般的茶王茶，我不禁思绪万千。原来，我们往往就是这样，在很多事情上都以为就是这样，这种自以为是，是阻碍我们前进的根源。

有时，我们犯错，都自我安慰，以为自己就是这样的。你看，我也没办法，我就是这么容易生气；你看，我也拿自己没辙，我就是戒不了烟……我们都笃定地相信自己的人性，而不愿意相信自己的佛性。常常去寺庙跪拜，其实自己身体里就住着一尊自性佛，对寺里的佛像，要洗手上香，供奉鲜花水果，磕头发愿，把好东西都献上。却对自己身上的佛浑然不觉，浇酒熏烟，最坏的东西拼命往里填，却不愿意相信他所说的。正是我们很反感别人骗自己，却经常自己骗自己。其实，只需要认真、虚心、喜悦，一杯好茶并不难。

昨日顺路，又去看了看老茶树，竟然又吐出许多新芽，这隐藏在卧龙谷的老者，几百年来，静静地看着过往的行人，或许有你我的前生，不然为何我们今世又在它身边走过……

明年，我们一定要认真对待，将茶王每年唯一的一杯茶制好，听它述说丫山的传奇。

走出心牢

蔡瑛　大余 080 志愿者

丫山三阶结束后，我有幸参加了其后赣州监狱的课程，以志愿者的身份第一次为服刑人员服务。这是一次不同寻常的心路之旅，给我带来了强烈的心灵震撼，让我的心久久未能平静。

4 月 12 日中午刚下班，我就匆匆地跟其他几名志愿者驱车前往赣州监狱。一路上风驰电掣，生怕因迟到而不能进入监区，错过这次不可多得的人生经历。

当通过戒备森严的层层关卡，进到监狱，第一感觉是安静。环顾四周，除了高高的围墙和围墙上的电网能让人联想到是监狱，除此之外，感觉这里更像是一个管理规范的工厂。一排排的楼房，干净的水泥路面，青青的草，绿绿的树……但这确实是监狱，是限制服刑人员自由、消磨人戾气的监狱！当我们走向会场的时候，我抬起头看到面前的建筑物，竟然是“致慧楼”。这真的是巧合吗？

远远的，一群服刑人员排着整齐的队伍向会场走去。当我们要经过的时候，警官发出了低沉而有力的指令，他们“哗”的一声，整个队伍立即原地蹲了下去，目光齐刷刷地朝我们射过来，那是如利剑般的一道道目光，顿时让我感到毛骨悚然，从他们身边经过的时候，不禁下意识地拉着旁边的学长，至民学长和韩磊学长便让我走在他们中间，快速地通过了这群人。

我们排着整齐的队伍站在会场门口，用亲切的鼓掌迎接服刑人员进入会场。韩磊学长和至民学长为了给我壮胆，依然让我站在他们两人的中间。服刑人员拿着塑料板凳向我们走过来，面对我们的列队和掌声都面无表情，但学长们响亮的掌声给了我力量，我慢慢地鼓起勇气观察他们。他们有的一边迅速打量我们，一边快步跟着队伍进会场；小部分服刑人员，眼中放着凶光；还有的服刑人员不敢直视我们，悄悄地别过脸去，仿佛觉得很羞愧。他们大部分都很年轻，偶有几个看上去年纪很大，或许是受伤或是身体不好，走路一瘸一拐的。

长长的队伍蠕动着进入会场，一色的黄马甲，黄压压的一片。心想，他们原本都是一个个自由的人，也有着快乐的童年和意气风发的理想。可是一念之间鬼使魔差，踏入高墙，顿失自由，再也体味不到家庭的温暖，感受不到父母的关爱。一千多名服刑人员，多少父母妻女，此刻，在以泪洗面？！想到这里，我的眼泪不由自主地流了下来，人为什么会身在福中不知福，失去了才后悔，当初拥有时却不珍惜？还好我早早地遇见了北大公益讲座，明白了生命的伟大，明白了自由的意义。

这种初始的对立和漠然，随着唐岚学长主持的课程推进，梓林学长春风化雨般滋润，课堂气氛由抵触、僵硬、沉闷、低落，慢慢地变成了认同、感动、鼓舞。

原定课程是150分钟，在服刑人员一致赞同下，继续延长课程时间。在掌声和抽泣声中，190分钟过去了，当课程即将结束，梓林学长问道：“假若自由明天来临，你准备好了吗？”全场服刑人员异口同声地呐喊：“准备好了！”这声音响彻云霄，让我们感受到这是发自肺腑的声音，蕴含着他们对明天美好生活的向往，对亲人的思念，对自由的渴望。若真有上帝，我想，此刻一定能听到他们真诚的忏悔。

当全体志愿者站在台上向服刑人员鞠躬致谢时，我看到他们眼里闪着激动的泪光。接着我们排着整齐的队伍，从会场中间的过道走向门口，这一刻，我的恐惧消失了。大家排成两列，手里拿着礼卡真诚地为每一位经过身边的听众送上我们志愿者的祝福，我看到他们脸上已经舒展的笑容，还有人向我点头致意，接过我递到他们手中的礼物，主动地说：“谢谢！”他们的改变，给予了我勇气，而我的勇敢也鼓励了他们，我不停地对他们说：“加油！加油！”

在这短短的三个多小时里，奇妙的北大公益讲座，让我们从相互充满敌意和戒备，迅速变成了彼此相互鼓励、直入人心的讲座，在影响着他们的同时，也涤净我们的心灵。

在离开监狱的路上，大家分享服刑人员悄然的变化，我也兴奋不已，沉浸在讲座那让人洗心革面的内心欣喜中。梓林学长突然问我，是否记得《生命的过程》讲得是什么？我愕然，竟无言以对。梓林学长说：“用两个字来概括：看待。这次活动就是让大家来‘看’的。不要以为我们一堂课就真的帮到了他们多少，明天还有多少人能记住今天的感动，我们不知道。但这场讲座最受教育的应该是我们志愿者自己！你再去读一读《假若自由明天来临》，其实，这首散文诗也是写给高墙外面的人！我们每个人都有一座‘心牢’，关键是你怎么看待！”

是啊，在我们成长的过程中，家庭和社会给了我们太多的“束缚”。沦陷在所谓的“面子”“人情世故”里，我们挣扎在这样或者那样的“束缚”之中，久而久之便习惯和拘泥于无尽的框框套套，日日“坐牢”而浑然不知，一旦丢弃这些框框套套，自由真的明天来临，我们是否已经准备好了呢?

赣州监狱公益行（四篇）

张继春　刘崇江　邱小莹　童杰星

（一）

北大公益讲座第一阶的第一句话就是："感恩不是什么大德行，感恩是生命内在应有的品质。"我相信我们大余 001 韩磊学长，是不需要我们的感恩与感谢，他只是希望我们能够践行北大公益讲座的理念，成为一个善的传播者。

当我以真诚的谦卑为进入北大公益讲座的听众鞠躬时，我看到他们脸上也充满了善的笑容、谦卑的笑容；当我以谦卑的姿态为服刑人员鞠躬时，我看到他们放松了那紧张的肌肉绽放了那久违的笑容，那是得到尊重后的笑容，那笑容是自然的、纯真的；当我谦卑地面对我的家人时，特别是我的小孩时，我看到他的惊讶与高兴，温馨的、和谐的气氛瞬间弥漫了整个家庭。

这次去赣州监狱为服刑人员做服务，在布置会场的时候，有一个服刑人员用颤抖和急迫的声音问我：“你是大余人吗？你是大余人吗？”我很惊讶地看着他，瞬间惊呆了，他是我一个很熟悉很熟悉的兄长。

这个时候，我们相互间都是用很急促的、很短的语句交谈：“你好吗？”“我很好！”“什么时候能出来？”当我看到他那张黄黄的、黑黑的、憔悴的脸，那张渴望亲情的脸，我心里真的有一种说不出来的心酸，眼泪慢慢地流了下来，再也无法跟他用语言来交谈。

15 日上午，我负责开关灯，在调控室里与一位服刑人员进行了短暂的交流，这位服刑人员学历较高，是研究生毕业，对《论语》《道德经》非常熟悉，而且还能论证他对人生的看法。当我说到人生不但要学会加油，更需要学会刹车，学会控制自己的欲望，不能让自己的冲动超越法律界线时，他含着眼泪，低下了头。

（张继春　大余 006 志愿者）

（二）

2016 年 4 月 12 日，我第一次走进监狱，是与北大公益讲座的志愿者一起去的。赣州监狱，并不像电视剧里的那么恐怖，到处都挺干净的，只不过有一种让人说不出的压抑。

吃完午饭，我们一行 10 位志愿者，跟着警官通过六道各类复杂的关卡，最后通过需要警官刷卡的单人旋转式栅栏门，才走进监区。穿过长长的院子，来到了一个大礼堂。听说这个礼堂是监狱为了这次上课特意装修好的，3000 多位服刑人员，将分三批在这里听北大公益讲座的第一阶课程“从生命到慧命”。

离课程开始的时间越来越接近了。我们所有志愿者排好两列，迎接他们进场。不一会儿大概有一千多服刑人员，清一色黄马甲鱼贯而入。我是负责控制灯光的，被安排在控制室，我看到外面有特警、防暴警在讲台两侧守护梓林学长。不一会儿，警官派了三位服刑人员进来，配合我操作。小小的控制室，就我一人面对三个站着的黄马甲，瞬间气氛紧张了起来。

课程开启之后，小屋子的气氛才渐渐缓和。随着课程的深入，他们也慢慢放松了脸上的僵硬。我悄悄地向门外的警官报告："是不是可以让他们拿个凳子坐下？"警官诧异地看了看我，没说什么，就示意他们去搬凳子。

大概讲到一半的时候，舞台侧边有一条横幅掉下来了，他们中的一人马上起身去挂，我也走过去帮助他。挂好后，他说了声"谢谢"，当时我的心里真的有种说不出的美滋滋。我想，现实生活中，你帮了别人，很多时候都得不到"谢谢"，而这些服刑人员居然也会说"谢谢"。

时间过得好快，两个半小时的讲座就要结束，但外面的暴雨还在下，梓林学长说，这也许是老天想留这些服刑人员，让大家多听一点关于从生命到慧命的分享。雨没有停的意思，我们只好在三小时十分钟的时候结束课程，服刑人员也只好头顶着塑料凳离开会场。

（刘崇江　大余 007 志愿者）

（三）

2016 年 4 月 12 日，我与北大公益讲座讲师团的志愿者，从丫山前往赣州监狱，跟随了四天三夜，总计听了七场讲座，每一场听完都有不一样的感觉。我越来越明白，自己多么渺小，羡慕我们志愿者可以站在讲台上，为这样一群特殊的听众服务。

回到丫山，回到这片土地上，我一直想哭，这里真的很好！我们一家人都在这里工作，享受丫山给予我们的一切。三阶告诉我们："惜福才能有福。"我们拥有了这片土地给予我们的一切，更应该好好珍惜。

当伙伴们听说北大公益讲座的第 600 场，6 月 19 日将在丫山举办，而且第600场是丫山志愿者诗歌音乐舞剧《慧命之歌》的首演，大家都特别兴奋，个个有说不完的想法。

韩磊学长说："演出成功后，出山巡演的第一站就是深圳。今后我们还要去北京和全国各地巡演。"哇！感觉我们的幸福就像花儿一样灿烂。

丫山是北京大学公益讲座的福地，是全球蓝衣天使共同的家园!

（邱小莹　大余018志愿者）

（四）

听到学长们分享4月12日去赣州监狱服务服刑人员的感受，我暗暗告诉自己，永远不要走进这样的牢笼。人的一生中，不仅要学会踩油门，更加要学会踩刹车，如果前面是"悬崖"，你不懂踩刹车，那就会走进这样的"牢笼"和"地狱"。

韩磊学长说：每个人都有一座心牢，里面没有自由，限制了思想，简直就是地狱生活。所以我们要走出自己预设的心牢，让自己真正能够享受自由自在。我想起曾经在一本描写古罗马历史的书上看到这样一段话：每个人心里都有一个牢笼，里面关着一个沉睡的战士，只要你能唤醒这沉睡的战士，就能重现可以毁灭极限之墙的"伊芙利特之祭"。但是唤醒这沉睡的战士，需要一把无与伦比的钥匙，没人知道这钥匙是什么。

我发现，或许北大公益讲座就是这样的一把钥匙，可以唤醒我们心中那位沉睡的战士，可以让我们远离这样的牢笼，让我们变得更加的光明圆融善。因为"一切是自己，自己是一切"！只要我们愿意让自己从生命走向慧命，就一定会遇到更好的自己。

（童杰星　大余017志愿者）

中篇　话衷肠

山静风轻

唐岚　深圳 010 志愿者

近年来，我去过不少地方，每到一处，我喜欢静静地聆听。即便是在川流不息的公路上，在人声鼎沸的闹市中，我的心都能敏锐地感受到各个地方特有的节奏，似乎正在诉说不一样的故事。北京磅礴寂寥，首尔艰涩惆怅，桂林闲适娇羞，东京低沉肃穆，酒泉苍凉果决，香港抑郁嘈杂，深圳强劲躁动，台湾温情湿润，花园口奇秀不羁，洛杉矶飞速冰冷……而这一次，2015 年的盛夏 6 月，我再次踏足丫山，深深体会到的却是丰富的安静。

群山环绕的国家 AAAA 级丫山旅游景区，位于江西大余。整个景区占地 3 万亩，森林覆盖率达到 92.6%，已建成的核心景区有 3600 亩。九成山舍和道源书院两大建筑群隐逸点缀在山的中部，大片的土地已有序规划，等待开发。景区的 280 多位员工守候着偌大的丫山，陪伴着 400 多种珍奇植物成长，在春夏秋冬之间为四方游客迎来送往。

人的一生，会听到各种各样的声音，但只有在安静的时候，才能听得到自己。身处丫山，人会不知不觉地慢下来，在宁静中，内在自我的窃窃私语，渐渐显得异常清晰；轻移脚步，能感受到衣物与身体之间微细摩擦所产生的空灵般的回响；身体的每个触点仿佛正在张开，不断地向外延伸着。走在森林中，走在竹林里，走在瀑布边，走在栈道上，在不同的地方，都会得到不同的感受，那是一种令人陶醉而又无以言表的享受。

接待人员告诉我："在丫山，睡觉最好不要拉上窗帘！"我听话照做，果然了解了她的心意。因为，这里一眼望去每一处都构成景观。窗外绿树葱茏，每扇窗景都犹如嵌入的静态油画般生动，让人舍不得"涂鸦"。这画儿却在白天黑夜的更替中，兀自呈现出不同风格的美。

夜晚，在沉沉山脉之间，微风轻摇，随着月亮的退隐，天然的气息，让人慢慢进入甜蜜的梦乡；清晨，被高唱低吟的虫鸣鸟叫唤醒，映入眼帘的竟是被包裹在云海之间的青山绿树。

在跟随北大公益讲座走四方的旅途中，2013 年的 3 月，我第一次来到了丫山。那次是受丫山旅游景区的邀请，在大余开了三堂课。

课后，景区的唐向阳董事长热情款待了我们一行，亲自带我们参观了正在建设中的道源书院。我们头顶安全帽，跟在唐先生后面，看他在一片水泥沙地之间健步穿行，当他站在高处憧憬书院的未来，指点江山，侃侃而谈之时，我的敬佩之心油然而生。

他告诉我们："这里将来是'学者楼'，完全的木质结构；这里呢，将来是'问渠'课室，就是学生向老师讨教、追问真理的地方。这间课室的名字出自于朱熹的名句：'半亩方塘一鉴开，天光云影共徘徊。问渠哪得清如许，为有源头活水来。'这里呢，你们看，为了保护这棵树，我们在施工中，把它包起来，整个建筑结构都不会影响它的生长。难得啊，这些古树可都是老天给丫山的宝贝，动不得的！道源书院要建成千年书院，这就是我的愿望，虽然我可能只能再活 50 年，但一定要把道源书院留下来，传下去！”

听着唐先生典型的赣南口音娓娓道出的宏愿，在场的志愿者着实被他打动，仿佛随着他的思绪，穿越千年……就是从那一刻开始，丫山深深镌刻在我们的心中。

两年后的今天，我们看到梦想已经部分变为现实，道源书院的每一处细节，无不彰显着宏大的设计思想和自然环保的理念。从构思到落地，让人充分感受到了其间深厚的文化底蕴，以及原生态和简洁的力量。整个建筑群的布局、材料的选择、空间和光线的巧妙运用，处处独具匠心，将温馨的时光编织成记忆的摇篮，让人们感受到了传统与现代的完美结合：以一种沉静的姿态阐释了设计的回归——自然、简约与静默。

在与唐先生的接触过程中，我们发现他始终带着温和天真却十分自信的微笑。他直言不讳地对我们说：“其实，现在最需要的是一批优秀的木匠、漆匠和泥水匠。当下社会很多人都想着快速出名或者一夜暴富，根本沉不下心来做出精细的活儿。”

我们知道，这一席话正是他的肺腑之言。一直以来，他就像中世纪的工匠，精心打磨自己的作品，他正带领一群人打造全新的丫山生活方式和生命形态——慢生活。

丫山的膳食也体现出慢生活的精致。山上所有饮食都是用柴火烹饪，这看似与高速便捷的流行文化背道而驰，却捧出了丫山人的一片赤诚之心：对天然食材的讲究，对自然环境的爱护，充分表达在细节中：从摘菜到烹饪，需要全身心地投入，慢烹调，慢品尝，在慢中咀嚼人生百味。

早在 2013 年 3 月 17 日，我们初次到丫山的当晚，丫山特意举办了一场别开生面的欢迎晚会，那晚，令我终生难忘。

当一群穿着当地民俗服装的女孩，站在离我们不到两米的位置，用清嫩的嗓子唱起原生态山歌的时候，泪水不知不觉顺着我的脸庞悄悄滑落，那是一份真实的感动！虽然当地方言的山歌我一句也听不懂，但是她们身上绽放出的质朴和纯真，她们脸上洋溢出的善良与美丽，却深深地打动了我，并在那个当下变成永恒。

这些白天上班、晚上登台表演的员工，都是丫山本地的女子，因为远离喧嚣，所以身上还保留着谦逊淳朴的品质。两年后重逢，我发现这些女孩子长大了，而且更美了。问及原因，她们告诉我：是丫山的企业文化让她们成长，是“章源黄埔”使她们不断提升。

“章源黄埔”，是丫山创办的女子学校，每年一期，每期仅 20 位学员，20 天的封闭式学习，外请专家授课，内有高管分享，设有企业文化、礼仪、茶艺、形体、阳光课、尔雅课、导游、瑜伽、餐饮服务、主持和唱歌等一系列课程。

唐先生在万亩竹林的山道上与我们分享时说：“‘章源黄埔’已经成功举办了三期，还会持续办下去。我们丫山最大的品牌是什么呢？就是这些女孩子。大家看她们怎么会这么开心？怎么会这么优秀？其实就验证了郭老师所说的，真正领导的智慧，是看你能带什么人，看你能把人带成什么样子。

“如果我们今后能够培养出 2000 名优秀的大余女子，我敢说，这将会改变大余。因为，这批女孩子将来一定会成为母亲、奶奶甚至太奶奶，一个女人对家庭和社会产生的影响是巨大的，她们从内到外的生命品质提升，对我们企业的持续进步与发展，具有强大的推动作用。看到她们的成长我很欣慰，这件事非常值得做下去。其实我们做的这件事和北大公益讲座的理念是相通的。

“郭老师一直坚持在做，在不断燃烧自己。两年后的今天，我亲眼看到了，这支蜡烛变粗了，也变得更亮了，而且有永远点不完的感觉，因为有了你们的加入。你们看到的这片竹海，最开始的时候，不过是一两棵竹子，正是有了这一两棵活下来的竹子，才成就了今天的林海。我呢，现在只不过在丫山做，而你们令人敬佩，行走四方，善行天下！”

作为丫山大龙山的后人，唐先生秉承了祖先的美德和智慧，从非常挣钱的矿业，毅然决然转向生态旅游开发，为的就是留下一片灵秀的山水，让更多的游客享受美好山水带给人的喜悦，让有缘人在这山水之间悟道成道。我们不得不惊叹这位丫山掌门人的心胸和格局，他用自己的做到，让我们更加坚信一位真正的企业家，会成为一位教育家，最后成为一位慈善家。

2015 年 6 月 16 日至 19 日，北大公益讲座第 2 期讲师培训在丫山圆满完成。四天三晚 30 个课时，来自全国各地的 28 位志愿者在培训的大部分时间，都是在山水间游历，在大自然中徜徉，在静谧中思考，在探讨中分享……

直到培训结束，大家终于了解了真相：“原来，北大公益讲座的讲师，并不是用教案培训出来的。”而这次看似“无为”的培训，却令各位学长大开眼界，信心倍增。

《论语》有云：智者乐水，仁者乐山。智者之乐，就像流水一样，阅尽世间万物，悠然而淡泊；仁者之乐，如同大山一样，岿然矗立，崇高且安宁。

丫山，既有连绵不断的青山绿树，万亩竹林，又有卧龙十八瀑，常年奔腾不息。面对如此壮丽隽秀的大自然，瞬间即让人感到自己的渺小，似乎任何语言表达都显得苍白，唯有三缄其口。

丫山本已具足的氛围，让人无拘无束、完全放松地彻底融入天与地之间。从这个意义上说，丫山的天、丫山的云、丫山的山、丫山的水、丫山的树、丫山的草、丫山的花、丫山的人，本身就是讲师培训的内容，这次借丫山之力，从培训的角度上来讲，内容是全方位的，是多维度的。

虽知要三缄其口，但思绪却波涛汹涌，百转千回，让人不得不说，不吐不快。丫山之行是一趟发现之旅：原来，人生最好的境界就是丰富的安静。安静，是因为摆脱了外界追名逐利的诱惑；丰富，是因为拥有了精神世界的无尽宝藏。

正应了那句话："北大公益讲座的志愿者，聚在一起是一团火，撒出去是满天星。"自丫山领略到人生美好境界的这些小星星，已经在闪烁：从 6 月 19 日到 7 月 12 日，在讲师培训结束后的 24 天中，梓林学长为丫山创作了四首诗词，北京接连开课 7 场，全国各地共举办了 17 场分享会，参加培训的学长们，已经写出 64 篇高质量的分享文章。大家都在践行自己在丫山的承诺，为了一个更好的自己而去做。

北大公益讲座帮助志愿者找回了内在真实的自己，让我们愿意停下脚步，等一等自己的灵魂，而在这神奇而美丽的丫山，在这丰富的安静中，我们仿佛看到，那个更好的自己已站在丫山之巅，而那岚雾如海的祥云，正在峰谷之间自由地穿行，构成一幅近乎完美的画卷，揭示了从生命到慧命的过程，其实就是道法自然的过程。

走过春秋，成就自我 *

唐岚　深圳 010 志愿者

这是我跟随北大公益讲座三年多来，听到最多分享的一次活动。从大家热烈的分享中，我们可以感受到这次丫山讲师培训是多么的成功。这四天来，我一直忙于主持和安排活动，现在想抓住最后这个机会，也与大家分享我的体会。

我是在北大公益讲座第 55 场的时候，走进课堂的。接下来就一直在跟随。在第 65 场，我被梓林学长推上了讲台，担任主持人；在第 71 场的时候，我开始上台朗诵讲座的原创诗歌，并参与课程的推广，以及各地的分享会。一直到去年，在吴川中学第 364 场，我开始走上讲台主讲《从生命到慧命》和《光明圆融善》这两阶课程。

今天，我想与大家分享的一个最重要的体悟是：北大公益讲座

* 本文为作者在 2015 年 6 月 19 日丫山讲师培训（2 期）结业分享会上的发言。

真的是很深很美！梓林学长对我说过的一句话，在这里送给大家："逼你做事，是慈悲，分寸是智慧！"真的，我是一路被梓林学长"逼"出来的，包括在第300场以后，被梓林学长"逼"上了讲台，开始讲课。

但是这个"逼"字，相信大家都了解是带双引号的。其实，这是一份邀请。你有没有收到这份邀请呢？相信这些年来，很多位学长都收到过这样的一份邀请，有的就直接放弃了，有的信誓旦旦说："我可以，你把PPT给我。"但是，到现在也还没有走上讲台，有的也只是走走看看，在平平淡淡中等待。

我就听某位学长说过："很喜欢，这就是我想要的状态。但是，现在我的时间还不自由，我的财务还不自由，虽然我的精神是自由的。我的确很喜欢你们，以后我会来的。"仅此而已，这份邀请就被搁置了。也许若干年、若干个月之后，TA还会想起这份温馨的邀请。

还有一个很深的感悟是时刻在我耳边响起的六个字：那是我们2013年第一次受邀去日本开讲，梓林学长在到达东京的那天晚上，给赴日志愿者提出的三个要求，也就是现在所说的六字箴言："专注、谦卑、喜悦。"

专注，让我们变得纯粹，纯粹地做这样一件事情，并且修自己的定力，不被手机带走，不被外在的事情牵绊。

当我们谦卑的时候，实证了谦卑的力量，因为听众从我们的谦卑中，真实感受到这个世界的善良，感受到真的有人可以如此谦卑地对所有人鞠躬，真诚地对陌生人微笑，听众的这些感受，反过来让我们更加相信谦卑的力量。而且谦卑真的是可以修成我们自身的圆融，做到圆融万象，面对任何人任何事都可以化境为宜。

喜悦，就是接受这个当下，既然决定来了，就带着喜悦来为众生服务，感受并接受当下的每一个发生。即使当这份邀请，暂时还不适合自己，或者是你觉得还不是时候，但是，当你喜悦地去接受这一切，即使是勉强自己一下，你就可以了，做一次，你就成为了！

这六字箴言一直引领着我。我能够很坚定、很笃定地一路走来，背后的力量来自于一个字“信”。

2012 年 2 月 11 日走进北大公益讲座，这一个“信”字让我从来没有动摇过，我相信北大公益讲座是为我而开的，我相信梓林学长和带着各种习性的听众是来成就我的，我相信所有愿意跟随的学长们，都是为了成就一个更好的自己而来的。所以，走在这条路上，我一直都觉得自己在享受一种免费的游学。更重要的是：因为这样的跟随，是跟随自己的心，是把“信”字完全化作一个字：“做”。做到做到，做了才能到。关于这一点，梓林学长原创的《公益行》有一段歌词让我感触很深：“庞愿满腔，知难为，一意孤行，何必说憔悴。”所以，对于这些年所做的一切，我从来就没有任何怨言，无怨无悔，而且因为有了大家的成全，真正体会到了心满意足。

这次的丫山培训，我们都很幸运，而且很幸福，能够在这么长的一段时间，在四天三夜里，紧密地生活学习在一起，在青山绿水之间，在道源书院这样一个浸淫着悠久文化的不一般之地，享受这样的一次讲师培训课程，真是缘分俱足。

有人说，这次课程好像什么也没有讲，好像在课程中的时间并不多，整天都在游山玩水，但我认为：这次丫山培训解决了长期困扰我们的两个核心问题：1. 形式大于内容；2. 自己找道场。

所谓“形式大于内容”，说的是，作为以讲座为基本形式的公益活动，我们的“做”比“说”重要，这就是梓林学长反复说的我们的“讲座”其实是“讲做”；所谓“自己找道场”，说的是，只有做，才能到。其实，两个问题，还是一个字：“做”！相信从今天的分享当中，大家也真正体验到了这次培训的收获和得到，这个道场是我们共同建立的，是大家用心互动的结果。

祝福各位学长，让我们为了一个更好的自己，共同学习，共同成长，共同成就！

光而不耀

韩磊　大余 001 志愿者

来过丫山的人都知道，晴朗的夜晚，在山巅总能看到绝美的景观。当水天几近一色，乌皂披满丫山，漫天的繁星就开始忽闪，那些柔软的星光，温柔地抚摸着这片大山，照亮着山间的弯弯小路，温暖着山上的每一个生灵。丫山，就是这样一个地方：宁静，祥和。

地理位置上，丫山地处江西省最南端。历史悠久，人文荟萃，古时即以佛教活动和游览胜地而闻名遐迩。我想那些漫天的星斗，就好似来过丫山的那些古圣先贤，周敦颐、程颐、程颢、苏东坡、朱熹、汤显祖、王阳明等，爱上这片山水，留下千年诗篇和不朽的文字，与天空闪烁的群星一样从古到今。

享有这片灵山秀水，拥有这些醇厚人文，我们立志要把这里打造成一个生态生活圣地，打造成一个让无数人成就自我的地方！善良的人，从来不会孤独，因为这种磁场会互相吸引。

2013年的正月，普通的一天，他来了，如同暗夜初升的那颗明星，淡淡的，却无比深邃。

那是我第一次认识郭梓林学长，在丫山办公区餐厅，这位瘦瘦高高的学者，和蔼可亲得像自家的叔叔。席间，他诚恳地邀请我去他的北大文化产业研究所做研究员，我非常惊讶加惶恐，北大哎，研究员？当年高考厮杀的伤痕，依然隐隐作痛，北大如此遥不可及，怎么可能这么容易？附和几句也就没有放在心上。

不久，梓林学长带领北大公益讲座一众志愿者，如同一片蓝色海洋，再次来了大余，在大余开讲了一二阶课程，志愿者们真诚的微笑、卖力的鞠躬，感染了我，也打开了我的心门。记得当时在课堂，梓林学长留了一副上联，我当场就对出了下联，冥冥之中，也就种下了这份诗意因缘。穿上那身蓝色志愿者服，满心喜悦。

中途，因为各种原因，没有持续跟随，像一个离开家的孩子，心在不停流浪。时间很快，转瞬就是两年。在这两年，我们全情投入的丫山，也茁壮成长起来了。山下农业区，瓜果飘香；山中卧龙谷，瀑布飞溅；山上九成山舍，静谧惬意；道源书院，大气厚重……

一个熟悉的名字，一直在关注着这一切，每每我发在朋友圈有关丫山的文字，他都点赞；我写的一些丫山诗，他都兴趣盎然地和上一首。如同家里的电话、亲人的影子，偶尔地出现，维系着游子的思念，牵引着那抹乡愁。

2015年夏天，这个名字再次明亮起来，梓林学长在我一首诗后面留言：我们到丫山举办一期北大公益讲座讲师培训，如何？内心一阵莫名的感动，原来北大公益讲座一直没有放弃，一直没有远去，一直住在我们的心里，在需要回家时，路就一刹那明晰。

这个夏天，来自全国各地的志愿者，在黄龙中学的露天操场，为400多名中学生开讲了一场“从生命到慧命”，第二天，又在露天操场为大余中学的2000名中学生开讲了一场“从生命到慧命”。每次开课之前，梓林学长都要把志愿者召集在一起，分享六字箴言“专注，谦卑，喜悦”，告诉大家要主动地、快乐地给台下2000多孩子鞠躬，如果那2000多个孩子，是2000多尊佛，多好的机会，一次可以给那么多佛鞠躬，是不是应该感谢？是的，前一天黄龙的课程，我就已经明白，我们引进讲座，聚集蓝色梦想者，不是在帮助北大公益讲座，北大公益讲座不需要帮助，是我们需要北大公益讲座来成就自己，北大公益讲座成功创造一个环境，让我们在那个“境”中，去学会付出，甘愿付出，最后享受付出，成就一个更好的自己。是我们不断地追求这份付出，他就来了！

在山下开完三场课之后，接着，我们上丫山举办了四天三夜的讲师培训。

人生总会收到很多邀请，来自生命的邀请，你要相信他的真实不虚，就可以前往，感受邀请背后的那些美丽。

7月下旬，我再一次受邀参加北大公益讲座在泰山的课程，这是第三阶“幸福是想出来的吗？”第11期。

三阶的课程很美。在这样一个美好的发生中，我真实地看到了一个“人人为我，我为人人”的新世界，在那个大家共同创造的美妙的环境中，很多人被真善美感染，被光明圆融善打开，每个人都用自己真实纯朴的分享，去点燃伙伴，并感染自己。

这是我第一次参加三阶的课程。四天三晚的学习，让我明白了付出其实是最幸福的。如果一口井，你具足，就要去给，越给活水才会源源不断地涌出，而且越是活水，才越甜。这份持续不断的付出，只会成就一个更好的自己。

离别前的那个夜晚，在梓林学长的房间，我们探讨了北大公益讲座落地丫山，让更多的人在这个平台上成就自己的方案和步骤。我们约定，把丫山打造成北大公益讲座全球首个“志愿者之家”，未来的讲师们，将会像天上那些繁星，在这片天空闪闪发光，照耀着山河大地，却不夺目刺眼。那天，就在泰山脚下，在一个普通的房间，我们憧憬着美好的明天，尽管没有星空，我却看到了一颗深邃的星，在远方向我们眨巴着眼睛……

正如《老子》第 58 章所言：“是以圣人方而不割，廉而不刿，直而不肆，光而不耀。”相信未来，丫山这片美丽的星空，必将繁星闪闪，光而不耀！

一次毕业

韩磊　大余 001 志愿者

深夜一点，我安排完今天上午新增的第二阶课程“光明圆融善”的有关事宜，躺在床上，闭上眼睛，总算舒一口气。大脑里不断盘旋着两个字“感恩”。

感恩昨天一切的发生。本来天气预报傍晚会下雨，老天也被这群蓝色梦想者感动，课程结束后，志愿者们被黄龙中学 400 多名孩子团团围住，要求在礼物上签名，一直等到大家登上大巴车，老天才泼下大雨，多么奇妙！

作为大余 001 志愿者，我明白了承担的智慧。我们引进讲座，我们聚集蓝色梦想者，不是在帮助北大公益讲座，北大公益讲座不需要我们帮助已经走了几百场，在大余我们所做的这一切，都是在成就自己。所有发生，其实是成功地创造了一个环境，让我们享受付出，从“付出”中，真正的“得到”——只要这个念一转，你就是快乐的，你就是感谢的，不纠结，不矛盾！

回想从初识北大公益讲座到现今走过的这几年，自己做得太少太少了。

昨天穿上蓝色志愿者服，下定决心认真做一回。一切准备就绪，天色也渐渐暗了下来，坐落在丫山脚下的黄龙中学，迎来了特殊的一天。孩子们排着队，开始陆续进场。志愿者们自动排列在入口两侧，鼓掌欢迎。我也跟着鼓着掌，心里想，鼓掌还行，顺便微笑，多好！可当我看到很多学长弯腰向孩子们鞠躬致敬，并大声说："欢迎！欢迎！"

我瞬间纠结了，在队伍里开始尴尬，习性开始显现：平日我是公司老总哦，平日我自恃会写诗哦，怎么给这么小的孩子鞠躬啊，天啊，冷汗开始从后背渗透，纠结！尴尬！刚好挨着敬萍学长，眼角余光瞄到她一直在鞠躬，一直在快乐地说："欢迎！欢迎！"我受了感染，狠下心弯下了腰，并微微地说了声："欢迎！"

忽然，就在那一刹那，我醒悟了，体内热流涌动，那个坚固的自我"啱"的一声瞬间被打破，"自我"哪去了？无处可寻，又无处不在！很自然，很欢喜的，我开始忘记一切，鼓掌，弯腰鞠躬，欢迎！哇，收获真的大啊！

读了几年佛经，讲要破除我执，今天我才真正听到那一声清脆的响声！专注，谦卑，喜悦，自然地显现，每个孩子，都是那么纯洁，那么善良，这个晚上，是他们来成就了我们志愿者！

就在那一刻，我真正地体会到，北大公益讲座的第二条理念："用我们的做，证明我们全部的说，是真实不虚。"真的好有力量！说，还只是说；做，就成为了！真是很奇妙！

梓林学长在课余，不断地启示我：北大公益讲座，形式大于内容，体验式的课程中，一切的语言、音乐、逻辑、道理都会忘记、消失，但场景会深刻进内心，形成美丽的记忆，永远不忘！因为“场景记忆”给出的是“暖记忆”，“语义记忆”给出的是“冷记忆。”

晚上，我静静地思索，有点明白，没错，人，离开这个世界的时候，我们能不能有勇气说，在我走的时候，比来的时候更好？科学家证实，人走的时候，一生最深刻的体验，都会像电影一样迅速过一遍，忆念到的，将决定我们的归宿。

佛经说：人之将去，忆念一句佛号，回放一尊佛影，都可往生极乐。北大公益讲座不是宗教，却一定能让你的记忆中永存那些共同向善的美丽画面和场景，通过不断重放，让这种蓝色的美丽，引领我们飞向“光明圆融善”。这些课程的形式，坚持去做，就能实证!

梓林学长说：“你今年 33 岁，我 54 岁才开始‘说我所做，做我所说’。”我愧不敢当，自己做得很少很少，不过，感恩一切，让我成长。年龄只是表象，成熟了，自然就弯下枝头。不能弯下，不是引力不强，是分量不够!

深夜，梓林学长发来微信：“只要去做，做我们自己能做的，就会让生命好起来。”我回复：“做，就成为了！”梓林学长回复：“讲座，是讲做！”

我明白了,“讲”固然重要，还要去“做”！“做”最为重要。当然，也得“讲”，这个“讲”其实是“做”。“讲”与“做”是“一”，不是“二”！

再次感谢所有志愿者，感谢所有听众，今天上午，章源宾馆员工二阶专场，今晚大余中学 2000 人露天场，明天丫山道源书院讲师培训，都即将开始……

这一切，都将过去，这次，让我们一次毕业!

跨越最后一个台阶

鲁瑞清　北京 248 志愿者

作为预备讲师，我全程参加了 2016 年 6 月 16 日至 19 日在江西丫山举办的北大公益讲座第二期讲师培训。

2014 年 5 月 24 日，我第一次走进北大公益讲座。那已经是第 300 场。听完课我就报名当上了志愿者。梓林学长对我说：你要准备做讲师。那时，我对做讲师根本就没有概念，也没有太当回事。后来，我参加了 2014 年 11 月下旬在北海进行的第一期讲师培训。对于应该怎样做讲师，似乎有了一点感受。特别是唐岚、庞坤、刘建新等三位讲师分别登台后，给我很大的触动。

按照自己的年龄和经历，做讲师似乎不是什么太困难的事情。因为，作为一个在国有企业工作了 44 年，其中 40 年在领导岗位上经历过来的人，“说话”肯定是没有问题的。领导的主要工作就是开会讲话。事实上，这些年开了多少会，讲了多少次话，写了多少讲稿，已经没有办法统计。甚至，在大场合的专题性主题演讲，也是从容应对。

但真要担任北大公益讲座的讲师，我却顾虑重重。

一是北大公益讲座有自己特定的框架系统，要去吃透和适应它。我最初的设想是：梓林学长讲生命的本源、人生的价值这些“高大上”的内容，而我讲职场、理想等中低层面的内容，形成互补的局面。后来发现这不行，这会把北大公益讲座内容搞乱了。

二是记忆力真的太糟糕了，尽管我十分喜欢北大公益讲座的原创诗朗诵作品，但让我背下来，实在是一件难事。

三是我语速太快，听众感受的效果不好。而这个毛病我早有所知，却始终没有得到很好纠正，这个年岁“改也难”了。

四是最根本的障碍是，梓林学长已经把北大公益讲座讲得出神入化，我上台难望其项背，如果把北大公益讲座讲砸了，就事与愿违了。

基于上述顾虑，我始终没有信心当这个讲师。

通过这次培训，有几点感受很深刻：

首先，做讲师是修行的一种方式。我们不是师范学校，培养职业教师。作为一名志愿者，既然为修行而来，既然有可能用登台讲课的形式为听众服务，享受付出的喜悦，何乐而不为呢?

其次，当讲师要学习和掌握大量的知识，包括北大公益讲座的基本理念、主要观点，以及光盘资料等。不仅是听一次，看一遍，而且需要反复吸收，深入理解。这就形成压力，给出自己学习的动力。

第三，梓林学长多次强调，北大公益讲座本质上是“讲做”，自古以来，讲师就是为人师表。讲我所做，做我所讲。讲师只要登台去讲了，实际上是在众人面前做出了保证，让自己先光明圆融善。

第四，我开始相信梓林学长说的：只要认真去做，就会有神来之笔。站到讲台上，思如泉涌，娓娓道来。同时，每个人在北大公益讲座课程的框架下，讲自己的故事。不仅可以把课程讲好，而且会有很多不同风格的课程出现。我相信奇迹会出现。

第五，我还相信梓林学长说的另一句话：只要你是真心去帮助别人，即使讲错了，也是对的，听众会理解你。

是啊！北大公益讲座走到今天，影响力越来越大，社会需求越来越大。正如梓林学长说的：北大公益讲座其实是为志愿者开的，尤其是为发愿当讲师的志愿者开的。

正是因为得到了以上的收获，可以说丫山培训帮助我跨越了最后一个台阶，而这篇文章就是我的“一次性断言”。下一步，真的该登台表演（不，是修行）了。时间，6 月 27 日；地点，北京市海淀区上庄镇常乐村，那是我的老家。希望，自己的第一次可以表现得好一些，至少要合格才行啊！

“川鸭子”

庞坤　深圳 012 志愿者

“川鸭子”名声在外，经久不衰，这是自己喜欢吃的一道四川名菜。在 6 月 19 日的下午，北大公益讲座丫山讲师培训的体验课程有这样一个环节：自己摘菜、自己烧菜，用柴火烧饭。规则是分成两个组进行比赛，大家跃跃欲试，要一显身手，PK 对手，裁判由梓林学长和他母亲——北京的 076 志愿者担任。

我已经 15 年没有动手炒菜了，这一次，我决定用行动来证明自己。

我们组有的伙伴去摘菜了，有的去抓鱼了，有的去拍照了，而我和初兴、刘念、军华三位学长留下，准备生火炒菜。灶台上早已备好了一只准备好的整鸭。初兴学长轻车熟路地让灶膛迅速飘红，军华学长手起刀落，把菜备齐，我在一旁剥蒜刮姜，理葱净茄，动作极其生疏缓慢。

我看见了旁边每位伙伴的专注，也看见自己的不足，发生了“盐不够，汗来凑”的闹剧。旁边一组由至民学长主厨，建芬学长主刀，谭静学长生火，在积极筹备赣州风味的“赣州鸭”。当时，我心里想，这道菜我应该赢定了。（惭愧，争强好胜外求的习性又呈现出来）

锅铲是勾型，我从来没有使用过，虽然很不适应，但也立即接受，反而觉得好玩，勾出了厨房乐趣。一勾一推，一来一回，火候一阵小，一阵大，树枝不断在燃烧，锅里慢慢飘出一阵阵香味。

我一直在不停地翻滚着锅里的鸭肉，不断地加料，感觉不错了，起锅，一盘热腾腾的“川鸭子”端上了放有芭蕉叶的餐桌，顿感做菜就是这么简单，急切邀请建新学长品尝。“没有盐味”，我的头上像泼了一瓢冷水，辛苦的我，没有得到赞美，反而露出了大破绽。“改正不足，立即回锅加盐。”意识在告诉我：这下出洋相了。

大约 70 分钟后，两组的菜已经满桌。28 位学长开始在一起品尝“自己动手，丰衣足食”的喜悦，一边狼吞虎咽，还一边互诉衷肠。酒过三巡，菜过五味，我也热情高涨，起身到邻桌敬酒。突然发现，“川鸭子”几乎纹丝未动，而“赣州鸭”已经“飞”了。我意识到“我赢了，只是自以为是”。“剑客”做的“啤酒鸭”败给了“琴师”烹的“赣州鸭”。

前前后后我用了大约 30 分钟才完成的一道菜，居然“成功”到餐桌上无人问津。辛苦之余还浪费了食材。我不禁夹起自己的“杰作”来品尝，那一刻，差点把泪挤出来，不仅味淡，而且未熟透，再尝尝“赣州鸭”，满口喷香，回味无穷。

在丫山的这次下厨，让我联想了很多。从那以后的每次吃饭，我观察着自己的“念”。厨师不容易，妈妈不容易，太太不容易，保姆不容易，做好了不说，还要看见大家是否吃出笑容，剩下的菜肴自己必须努力吃。真是“养儿方知父母恩，下厨方知厨师苦”。也是从丫山回来后，我决定有空就多帮着妻子做做菜，没有劳动，不知甘苦；没有体察，难生感恩心。人到中年，要改变自己，不能自以为是地活下去。

“川鸭子”与“赣州鸭”的PK，远没有结束，这件事在我心里已经生根发芽，“专注，谦卑，喜悦”的理念，已经不仅仅是知道，而是进一步了解了。

用心如镜，丫山论道

吴至民　赣州 001 志愿者

丫山，是一个经历了千年灵秀与沧桑的地方。在她的记忆里，承载着北大公益讲座的光荣与梦想。极其深厚的人文底蕴与自然和谐融洽，醉美的丫山历经了百转千回的沉淀与轮回，已成为北大公益讲座培养讲师团队的摇篮。道源书院，如凤凰涅槃后浴火重生，涵盖了儒释道三学之理学正宗。何其有幸，能够成为北大公益讲座的预备讲师，短短几天，与来自全国各地的志愿者们竹林听茶、A 哆美食、松涛问禅，古琴铿锵不绝于耳，寻道九成山舍，恍如隔世。

这一辈子，一个人，能够找到一个为之激动为之付出为之奋斗一生的事情非常不容易。因为每个人的精力有限、时间有限、物力有限、财力有限，而且更多的人是活在过去的经历里，是活在现在的业力牵引里，是活在对未来梦想的憧憬里。

只有极少数人，可以活在当下，可以不变随缘，可以逆来顺受，可以心甘情愿。生命是用来成就别人的。宇宙的法则是守恒的，当我们真正能喜悦的付出与接受，在感谢一切的同时，可以看见自己的呼吸，可以念念分明于当下，我们则拥有了一切圆满具足的智慧，生命则可由此，而到达极致的丰足。

感谢发生，觉察每一次发生的原因，从关注我们的呼吸开始。因为，生命就在一呼一吸之间，而发生美妙的联系，让我们从自己的每个念头开始去觉察，当我们觉察到念念分明，念念慈悲，我们即可控制每一个发生。当我们可以做到别无他念，只区区一念，这一念，念念相续，念念分明，这一念，无念，无住，这一念，即是般若智慧的源头。

人们内心由于日积月累留有太多酸甜苦辣的记忆，且工作与生存压力之下无暇关注自己的内心，所以放任自己的心天马行空或似浮萍般漂游，内心千军万马般翻滚却又无法对抗。这就是许多常人感受到的那种难言的烦恼。

当我们放松心灵，在一呼一吸之间体会生命同时什么也不思考的时候，就会发现记忆变得越来越清晰……这只是北大公益讲座第一阶“从生命至慧命”课程中的一个场景。

讲课不是为了自己，如果有“我”在，就讲不了，也讲不好。只是一个念头，让更多的人到达，让更多的人更好。因为只有这样，我们才能自然而然地到达，我们才能够成为更好的自己。所有的想，所有的念，只为了利益他人，如此我们方不辜负此生，这是宇宙的自然法则。

北大公益讲座所倡导的理念，是慧命的到达，是看一切光明圆融善，是打开心量获得无量的幸福，是别无他念，区区一念只为了让人们有更好的自己。她是体验式的，我们必须在，必须去觉察，必须在课程里，去感受生命的存在与我们生命的方向，她的不同，是时空不同、语言环境不同、表达方式不同。

北大公益讲座，通过更新更美更容易让现代人理解并接受，且真正去到达去做好，这是一个伟大时代的开始与更新。将来的人们去理解感悟先人的智慧也会不同，表达的方式也会有所不同。但是当下，这里有我们共同付出的汗水与心血，可以为了自己更好，为了让别人更好，此生何憾？将来，会有越来越多的人认同，并跟随着她的脚步，这是机缘巧合，亦是多生累劫的缘分，只是看缘分是否具足。

若用，则用心如镜，无念无我；若已到达，亦需放下，只需一心去做，去享受。以后亦不必太强，只需要柔软、专注、谦卑与喜悦。一切将如我们所愿，安心自在，不变随缘。

在成长的岁月里，曲折的过程延长了我们的生命。生命本无对错，关键是我们是否愿意去珍惜。良知，是人类的本质，如何安住于良知与至善，完全看我愿的力量。感恩北大公益讲座创造的环境与和谐，让我们真正去认识生命的本质，让我们的生命变得更加精彩与美好。

此刻，天地无言，万籁俱寂。洗尽铅华，荡涤心中所有的颜色，让心灵清澈。在生命的长河里，我本是尘土，仍将归于尘土。生命无常，我愿无悔。就这样，无论这一次我们的修行如何，我们终究还是要远行，与生前身后的自己做一次长长的告别。当下的禅悦即是生死的解脱，我和你的约定，注定是一场终将融化的雪，没有结果，没有如果，只有缤纷天地的造化与滋润大地的归宿。

道源丫山，必然之旅

贾春霞　济南 157 志愿者

丫山学习已结束三天了，我至今还沉浸在那梦一样的情境中。

忆起 4 月份刚刚收到北大公益讲师培训 2 期预告时，我就对课程非常期待。5 月份收到通知后立即报了名。但因自己没时间跟进课程的后期服务，资质达不到，所以没有得到批准。

本以为已错过这次丫山之行，可在课程临近时，唐岚学长又打电话来告诉我说，大余有两场学校的课程，参加完服务就有资格上丫山参与讲师培训了。遂喜出望外，放下一切事务，欣然前往。

学习期间，梓林学长一直在强调：这期的北大公益讲师培训放在丫山举办绝非偶然。我想除了丫山环境好，风景优美，还有东道主大余 001 志愿者韩磊学长热情周到的安排和款待。除了这些，还能有什么绝非偶然呢?

上山之前黄龙中学《课在进行，雨被延误》被认为是一次偶然；

为迎接大余中学2000名学生的课，志愿者下午3点半要去布置会场，气象局预告傍晚要下的雨竟然提前至下午2点半到3点10分。时间卡得刚刚好，以至于当时午休的我，并不知道有下雨这回事。

上山后的几天，学习基本是在室外进行。一切按原计划顺利完成，直至我们课程结束，大家踏上归程，继续留在山上的梓林学长发来大雨倾盆的视频。在丫山待了几十年的司机师傅说：“你们真有福气，来到丫山这么多天，每天都有户外活动，一滴雨也没让你们淋着，老天爷也有心让你们玩得开心。”听他这么一说，我们由衷感到好庆幸，暗自认为自己是个有福之人，并未想到什么偶然和必然！

忽然，又想起6月18日晚上的课堂，梓林学长着黑色长衫翩翩而至，惊艳了不少人的眼。一小时的课虽没记住多少，可有一点这辈子怕是到死也忘不了。课堂上不知什么时候竟然多了个旁听者——一只又大又美丽的蝴蝶，它静静地落在讲台旁边的幕布上，有摄影师的照片为证，否则我真以为是在做梦。这只灵异的蝴蝶，听完老师的课，还听了至民学长天籁般的琴声，第二天又参加了我们的分享会。课间休息时蝴蝶便翩翩起舞，上课时便立起翅膀，一动不动地聆听。好神奇啊！或许有人会说这是偶然。蛾啊蝶啊都会乱飞的，这又有什么稀奇？好吧，好吧，只当我是自作多情！

再回忆一下课程内容，什么逻辑啊设计啊，都对不上号了，好惭愧！游灵岩寺时，注茶半托迦罗汉的故事给我了一些启发，他就是因为笨嘴拙舌，记忆力差，记不住经偈，被兄长赶出了寺院。后来因一心向佛，在佛陀的教导下登上阿罗汉果位。

联想自己求学路上磕磕绊绊一路走来，因北大公益讲座一条“来者不拒，往者不追”而未被抛弃，终于找到一条回家的路。如果人真有前世和来生，想必我前世就是那只听课的蝴蝶。因为没听够那些浸入心灵的声音，才转世来追随北大公益讲座的。是偶然，抑或是必然，谁人能说得清？

丫山游学期间，在章源宾馆、道源书院各个房间里，以及我们来来回回坐的车上，都放有一本介绍章源集团和丫山旅游的册子。因为是韩磊学长推荐过，我便于坐车时随手翻阅。除了制作精美、图片诱人、文字专业之外也没感觉有何特别。心想，这种宣传册对一群走南闯北的人来说可是见多了。

上山第二天，听韩磊学长介绍自己和丫山的缘分也只是感觉这个人能力很强，又会写诗，真不一般。游灵岩寺韩磊学长亲自开观光车当导游，讲传说故事，自己也觉得沾了北大公益讲座的光，荣幸之至！一个会写诗的北方汉子竟然跑到南方的丫山上作为东道主同我们一起学习，前世也不知共修了多少年呢！偶然，还是必然？

第三天竹林分享时，有幸听到章源集团的创始人唐总为我们分享他的创业故事，还为我们讲了一个关于丫山龙由孽龙被渡化的动人传说。唐总原来做矿业生意，后不忍心家乡山河满目疮痍，亦不忍看到矿难死伤人员，才下决心转行做旅游开发、书院教育、环保木塑、生态农业等环保产业。唐总对自己轻描淡写的叙述与讲述传说故事时的详尽描绘，让我感受到一个真正的企业家的情怀。这和梓林学长从原来讲经济学讲商业课程，转而讲与文化和生命有关的公益课程是何其相似！是偶然，抑或必然？

在丫山学习的四天三晚，除了享受到美食美景，更重要的是感受到了浓浓的人文气息。儒释道三家和合之地、历代文人墨客养心之所，这些自不必多说，我只说说我看到的和感受到的吧！别处的垃圾桶上写的是“可回收”和“不可回收”。丫山垃圾桶上写的却是“轮回”和“寂灭”。是的，有用的就可以再次“轮回”，无用的就只有“寂灭”了。为了这几个字，今生今世发誓要做个有用的好人，期待“去去就来”。

还有山上的青涩笛声，时断时续，我随声找去，看见一门卫员工正聚精会神地吹着笛子。那一刻我泪流满面，他或许前世是某个仙人的门童吧，今生来一修再修，修成一个更好的自己！是偶然？抑或必然？谁人能说得清？

再看看手机相册里的照片，天边云呈祥龙状，落霞呈凤尾状，铁树开着花，紫荆花在咯吱咯吱地笑；女厕门前写着“姐妹”；洗手盆境前写着“开关在脚下”；用竹根做成的小桥扶手、为大树建造的天井、镂空兰花的路灯、在木屋下安居的街灯、竹竿做的晾衣架，还有蔬菜时装秀、丫山新闻联播，等等，每一张照片都触动着我的心灵。再想想道源要做千年书院，至民学长要让中国孩子体验圣贤气象，梓林学长说北大公益讲座至少要做 30 年……他们所说的每一句话，都是真实不虚。这些都将会成为必然。因为有听课的蝴蝶作证，听泉的蟾蜍作证，安详的花猫作证，化身门卫的书童作证。

以上这些，足够证明老师的话：这期北大公益讲师培训在丫山举办绝非偶然。因为这里有千年的气场，有着一群人在思想和精神追求上的同频与共振，有所有参与其中的觉醒生命共同的愿景与梦想！

丫山，您好

敬萍　北京 022 志愿者

丫山位于江西赣州大余县城区，只有 20 分钟的车程，这里有着古老的传说，双峰尖削如马耳，状似“丫”形，便得丫山之名，海拔 906.2 米，方圆万亩。

2015 年 6 月 16 日全国各地的学长们相聚在丫山道源书院，开始四天三夜的北大公益讲座讲师培训班（二期）的学习。灰色主调包含着浓厚的文化气息，依山傍水，从观望台俯瞰整个书院，完全隐蔽在茂盛的树林中央，有着古老四合院建筑风格，远离喧闹的城区，静静地享受大自然抚育的美，这里是人文圣地，是人间天堂，数十栋木屋别墅深藏在松林云海之间，有着天人合一的绝佳学习环境，这里是北大公益讲座的讲师培训基地，也将成为“赣粤桂授课基地”。

在北京时，我每天早上到森林公园去练习朗诵，面对一棵棵树木，心情是很平静的，可以让自己完全投入到散文诗的情景中。但来到丫山讲师培训课堂，最担心的是面前的不是树木，而是一双双炯炯有神的大眼睛。

第一节课正式开始，围绕“梦想的主题”进行分享。唐岚学长让我上台现场朗诵《我是一条小河》。来前已经准备了半个月，在这样特殊的场合，献上了这首我最爱的诗，真是一种享受。

上台分享一直是我的弱点，每次看到 80 岁的老母亲上台分享那么淡定从容，都给我很大的鼓励，我必须征服自己。这次上台已不再那么紧张了。

记得上小学时，老师也出过一道作文题《我的梦想》，记不清当时写的是什么，但经历几十年之后，似乎找不到自己的梦想，把希望都寄托在儿子身上，这正是《灵魂的求诉》里说的：“你已经把自己弄丢了，因为你把我弄丢了。”哎呀，听了这么多遍，并且也会朗诵，今天却在这个场合忽然悟到，这是写给我的。一直以来，都以为这句话是写给那些忙于金钱的人。

就这一刻，我彻底明白了：要想成就一个更好的自己，需要通过北大公益讲座这个平台，让自己有所觉察，认识到自己的不足，与一群蓝精灵在一起共同学习，共同成长。

夕阳西下，大家来到九成山舍，80 岁老母亲双脚肿胀像大馒头，但仍然坚持爬上山坡，参加了丫山人自编自导自演的客家特色欢乐盛宴，欢迎远道而来的北大公益讲座的志愿者们。当夜幕降临，丫山姑娘白天工作，晚上换上新装汇聚一堂翩翩起舞，姑娘们蔬菜秀、新闻联播别具一格，梓林学长也尽情豪放自编自唱一首“妹妹你大胆地往前走……”响彻山谷。济南刘建新与深圳隋星柘学长共同登台演唱，大家的情绪一浪高过一浪。姑娘们带领大家跳起了欢乐的竹竿舞，看着母亲从头笑到尾，如此开心快乐，内心无比喜悦，很长时间没有看到她这般笑脸了，心态好比吃药都灵。在欢声笑语中，大家参与体验一场酣畅淋漓的联欢。

清晨，学长们来到太极广场，背靠青山，面朝东方，蒲团席坐，静心冥想，天地人合，阴阳太极，消除杂念，享受自然。

早餐后，大家来到有一千多年历史的灵岩寺。远远就听到寺院的钟声在山谷回荡。进入大殿，母亲为所有的志愿者祈祷健康快乐，她那慈祥母爱的笑脸，给每一个志愿者极大的鼓励。参观时我们见到铁树个个开花，形态神奇长成“丫”字形，居然还有一棵“山”字形，大家抢着拍摄：“原来丫山在这里。”

我们走到另一间禅房时，发现紧靠山旁有块巨石，上面刻有“飞云石片”四个大字，其中“石”字多一点，知道这是为什么？还是留着看官自己去解密吧。

丫山开垦了一千多亩农业基地，名为“丫可喜农场”，是生态蔬菜种植基地。第二天下午，我们从道源书院出发，顺着卧龙谷山涧的小道，下山去体检自助农家宴。行走在山沿的石梯小道上，满山树木郁郁葱葱，古藤、奇石、山洞处处可见，卧龙峡谷十八级瀑布顺势而下，林中虫鸟悠然自在。走在“幸福之路”栈道上，学长们个个喜笑颜开。

不到一个小时，我们来到A哆欢乐厨房，山间柴，农家灶，28位学长分两组，有的到菜园采摘新鲜蔬菜瓜果，有的到涧溪捕鱼、拾鸡蛋、烧土灶、洗菜、切菜等，好一派自力更生、快乐劳动的场景，连80岁的老母亲也不甘落后，搬个小凳与大家一起摘捡蔬菜。大家齐心协力、各显神通，一道道美味佳肴端上了餐桌，大家举起幸福酒，在泉水叮咚的伴奏下，度过了一个美好幸福的傍晚。

18日上午，首先由建新学长分享如何当讲师，紧接着就是怀云茶亭实操练习，深圳王建芬和贺晓敏二位学长主持分享，讲述自己生活所经历的故事，告诉大家如何去看待发生的一切。分享间隙，建新学长还教大家如何摄影。

下午，大家来到万亩竹林，分两组进行主持人的实战操练，每人分享一个主题。我们还邀请到了章源集团唐向阳董事长，为我们讲述了他的人生经历和丫山的历史典故。

19日吃过早餐，大家一齐聚在9米长的实木书画案板边，母亲没有读过书，但也拿起毛笔写下了自己的名字，大家都为她喝彩！梓林学长挥笔写下了“水天一色 梅竹双清”，并表演扑克魔术……。在一片笑声中，大家依依不舍地回到教室，听梓林学长《讲师是做出来的》的课程总结，课程一直持续到下午一点。

下午两点，大家收拾行装，带着满满的收获下山回程。当大家都下山之后，山上突然下起了大雨，这是为大家送行的雨，老天爷是多么仁慈呀！

四天三晚的讲师培训在快乐中结束。在这次讲师培训中我第一次听到什么是暖记忆（场景记忆），什么是语义记忆（冷记忆）；理解了为什么北大公益讲座“形式大于内容”；什么叫“吃进去的是桑叶，吐出来是丝”；为什么讲师要通过朗诵、主持、分享、写作，才能成为一名真正的讲师；也知道做讲师，其实是更有利于我们自己的修行，只要去做，就一定有收获，只有通过帮助他人，才能成就自己，“学而时习之，不亦乐乎”。

丫山，您好！我们将从这里出发，为了一个更好的自己，朝着梦想努力践行，让生命真正走向慧命。

嗨，丫山

熊英　重庆 003 志愿者

丫山就是一座山，植被丰富，泉水叮咚，是国家 AAAA 级景区。

在道源书院的花台上，有一棵树。有胳膊粗，长成“丫”形，也似一条游龙，是重庆少见的竹柏。

竹柏，通常树干修直，形状优美，长得很慢。前些年，在绿化造景中开始有人使用，但因价格贵，资源少，渐渐也就不用了！在丫山的森林里，沿着卧龙谷的小径，时有碗粗的竹柏，第一次见到这么多野生的竹柏，惊呆了！

谭静学长在重庆的静心阁茶楼，有一株竹柏，很宝贝，牙签粗，长着几片叶，标准的站姿。像丫山一条龙横着长，简直是不可想象的，这次真开眼界了。丫山，一座植物的宝藏。

丫山的水，像少女清澈、灵动的眼睛，自然无雕饰。更似少女月光下漫步轻柔的身姿。绕呀绕呀，扰得你心里痒痒的，脚软软的。

享受完乡村大舞台，披着月光，走在返回道源书院的路上，我在前面高咏：“你问我，这条路可有尽头，我说我会一直陪你走。”

子沣和谭静学长应道："就算是地老天荒，也会守望你的所有。"随溪而下，一唱一和便是三首。丝丝的手电光、斑驳的竹影，耳边有隐隐的水流声，恍恍乎如仙境。

回到书院，进了大门，身着汉服的服务员笑脸相迎："回来了。"似家人般温暖。

这是一个员工脸上笑容灿烂的景区，一个从一草一木上体现开发者匠心独运的景区，一个致力于打造千年书院的景区，一个投巨资打造人文与生态完美统一的景区。

究竟是什么理念，让创建者六年来坚定不移一路走来?

当我们在竹海享受着当主持人的快乐时，丫山风景区创始人唐总来了，这是一个一眼就让人感受到亲切敦厚的汉子。

他告诉我们："没想那么多，先做。保护性的开发建设一个无愧于后人的自然旅游景区。用传统文化教育员工，特别针对女性，我们创办了'章源黄埔集训营'，已经开了三期。当我们的景区培养出2000名有素养的女子，那就会改变2000个家庭，也会影响整个地区。有社会影响力的财富，才是真正的财富……"

掷地有声呀！我也在重庆天坪山做景区，现在景区大环境基本形成，周围农户办农家乐，日子一天天好起来！企业在景区投资五年，还没有收益，一直心有惭愧。而唐总的做到给了我响亮的答案。现在收获的是社会影响力，是真正的财富。一切都会随之而来！后面有个更大的、更重要的在等着你！

唐总心里装着丫山整座森林，装着当地的老百姓，是在为社会打造幸福的家园。丫山景区创建者们，会像丫山随处可见的竹柏一样，通直修长，永远屹立在丫山。

丫山之行，就是为我准备的，让我明确了前行的方向。

做真实的自己

贺晓敏　深圳 168 志愿者

今天终于定下心来写这篇文章了。

丫山的美好回忆一直在心头萦绕，可回来要写文章时，傻眼了，好像有太多的感受，却又不知从何下笔。看着学长们一篇篇美文出炉，真是着急！总想写一篇最好的，最后终于明白，永远没有最好，只有把当下的感受写出来，无论好与不好，当下最真实地呈现自己，就是最好的！

怀云茶亭分享会，是这次丫山之行中非常难忘的一个暖记忆。之前一直不知道，为什么每每朗诵《灵魂的求诉》会流泪，在怀云茶亭朗诵的那一刻，我懂了：这首诗直接触动了我的内心深处，我把自己弄丢很久很久了！

曾几何时，我告诉自己，女人一定要自强自立，只有这样，你才会受到别人的尊重和认可。所以，这么多年来，我一直不断地努力向上，希望让自己变得更强大一些，在不断证明自己的过程中，虽然收获了许多的掌声和鲜花，可是自己的内心依然不快乐。我常常觉得很累，很孤独，而且告诉自己永远不能示弱，因为很害怕被别人看不起，只能一直装作很“强”的样子。

那天“生命之受”里的一句话再次触痛了我，“强”其实是内在的“小”，因为内在“小”得很，才要不断去证明自己很强。

而我，总要证明自己很“强”，那就还有得“受”，“强”的背后，其实是希望自己受认可、受尊重，而在“强”的过程中，我给自己不断戴上厚厚的盔甲，我已经把真实的自己弄丢了，内在的柔软、喜悦、平静已经完全被自己压抑住了。

是啊，把真实的自己都弄丢了，那还能走多远呢？走得再远，又有什么意义呢？

痛定思痛，我要真实表达我的想法，我要告诉学长们，我其实很小，我很需要大家的支持。

在分享会的最后一天，我勇敢地走向讲台：我要建自己的道场，我的力量不够，我需要北大公益各位学长的助力！当我讲完这些，心里一下子舒坦了好多，尤其唐岚学长最后说了一句：我们等你这句话等了好久了！哇，那一刻，好感动，好温暖啊！原来当自己开始真实，开始承认并接受自己就是渺小的，老天会给你一份好享受的礼物！

感谢北大公益，感谢丫山之行的学长们，现在的我，已经从内在升起一股力量：一定要建道场，也要学会借力建道场，让自己更快地成长，在不同的道场发挥自己的光和热。只有不断去做，才是让内在“小我”不断成长的唯一途径。

丫山之行，我解放了我自己，真好！

看见自己

刘念　赣州 016 志愿者

2014 年 10 月，我幸运地参加了北大公益讲座庐山三阶（8 期）的课程，庐山之行是多么享受，但这次丫山讲师培训（2 期）却感触更深。真是一种享受，这种享受不是来自物质的奢华，而是来自身心灵的洗涤和滋润……

在风景如画又充满文化气息的丫山，我们打开并绽放自己。在丫山的四天三夜，一直充满喜和乐，体验着人生真善美的境界。

刚接触北大公益讲座的时候，我基本上是抱着走走看看的态度，以至于听课时思想经常被手机带走，被外在事情影响专注力，课后也没做功课，课上完，知识很快还给了课堂。所以没进入状态，更谈不上进步。直到这次丫山之行，我才真正打开自己。

记得在丫山分组讨论“我的梦想是什么”的主题时，我竟然发现自己没有梦想，每天在先生的保护伞下过着安逸的生活，没有压力，也没动力，甘于平庸。年与时驰，意与日去，像我这样得过且过的状态，能走多远呢？走得再远，又有什么意义呢？听到贺晓敏学长的真情分享，听到各位学长的人生感悟，钦佩、感动，夹杂着内疚从我心底流淌出来，我感觉自己慢慢被点燃了。

人的气场是看不见的，但这种力量是巨大的，就像万有引力一样。丫山道源书院内，一群满满正能量的志愿者所形成的气场，使我成为最大的受益者。

记得庐山三阶时，我曾在课上和同桌窃窃私语，结果被唐岚学长点名提醒，我的羞愧自不用说，心中还有些许的不悦。这次，我被学长们用心用情的分享所震撼，着迷、崇拜、臣服，在这里没有时间不专注，只希望时针能走慢些，让自己多吸收些营养，多吸取些正能量。尤其是韩磊，庞坤，建新，晓敏等学长的分享，他们内心的充盈、他们分享时别具一格的语言、他们从话语中透露出的沉静和智慧的美，都让我十分羡慕和佩服。

我在课程中，看着他们常常想：这种境界，一定是从内而外经过了双重修炼才达到的，一定是付出了许多时间和精力，在不断努力中完成的。与他们相比，这些年，我“宅”在家里，过着无所事事的安逸生活，把自己的灵魂弄丢了，让我停止了成长。

透过他们，我看到了自己的渺小。我不能只是羡慕，我也要开始觉醒，找回从前的自己！我暗暗鼓励自己。第二天大家其乐融融地一起择菜做饭，我尽我所能不停歇地干活，饭菜上齐，大家都开始开心用餐，我留到最后默默地把灶台、柴火、炊具清洗整理好，最后一个上桌吃饭，即使这么小的发生，我也认为自己在进步。

第三天在丫山竹林分享时，我突破了自己的胆怯，终于走上台分享，虽然我只是作了一个简短的分享，但大家还是给予我极大的鼓励：“真实就好。”梓林学长说过，只要真实说，说错了也对。以前不想说，不敢说，只因懒于心懒于行。这一次，在学长们的影响下，我的心门终于打开了：人生拥有的就是一次经历的机会！多么好的人生感悟啊！

当我想要做更好的自己时，一切需要借助的外力，也随之而来。在课程中，建新学长的摄影技巧、敬萍学长关于朗诵的常识，都让我十分受益。难怪说北大公益讲座是为成就你而来，当你想学、当你愿意学时，北大公益讲座就有源源不断的资源来帮助你，成就你。

“三人行，必有我师”，丫山之行，我与28位志愿者朝夕相处，多深的缘分啊！

丫山行，我遇见了真实的自己，曾经那个不成熟、不懂爱的自己，透过这些发生，生命正在穿越和成长……

真假菩提

王建芬　深圳 150 志愿者

所有的发生，都是来成就自己的。在美丽的丫山灵岩寺，就有这么一个小小的发生，让我有很深的开悟。

在丫山讲师培训的第二天，我们来到了千年古寺灵岩寺。参观后，赣州 001 吴至民学长特地给每位学长送上一串灵岩寺开过光的菩提手链，大家都喜滋滋地戴在了手腕上。

在观光游览车上，我把玩着这串菩提手链，对坐在旁边的庞坤学长提出了一个问题："这是真正的菩提做的吗？"

庞坤学长没有正面回答我的问题，只是淡淡地说了句："你信，它就是；你不信，它就不是！但送你这串菩提手链的人，他的心是一定真诚的。"

我不以为然，还在辩解："因为这世界有这么多虚假的东西存在，让我们每个人的心里都充满了怀疑和恐惧，看到一个人一件事首先是怀疑和戒备，不会轻易去相信了！”庞坤学长微微笑了笑，不语。

下了观光车，走在回道源书院的栈道上，我还在思考着刚刚的问题，一边走一边想，手链随着我的手上下摆动，可能是我的手腕太细，手链一下子脱手而出，飞进了栈道下的草丛中。

那一瞬间，我突然觉得好像失去了一件很珍贵的东西，大声叫了起来。走在后面的庞坤学长听到后，不加思索地从廊桥一跃而下，一只手紧紧抓住栈道的护栏支撑身体的平衡，另一只手帮我捡那串我怀疑是不是真菩提的手链，上上下下折腾了好一会儿，庞坤学长好不容易将带着泥土的手链交回到我的手里，然后认真地对我说：“这不仅仅是帮你捡起一串菩提手链，而是帮你重拾一份信任！”

那一刻，我的心被震撼了。是呀，因为不相信，我们的生活增添了许多烦恼；因为不相信，我们又错过了多少美好的生活经历，人与人之间互相防备、互相猜疑，让人觉得就是活在谎言的世界。

通过这次发生，我清晰地看到一个人的心念有多重要。当我不相信的时候，整件事情呈现出的是我潜意识的真实想法，菩提手链仿佛知道我在怀疑，悄然地离我而去；而本来简单美好的一件事，因为我想太多，不会想，想偏了，让心灵蒙上了雾霾。在失去手链的一刹那，我了解怀疑只会令我失去快乐。

幸运的是这事发生在美丽的丫山，我身边全是北大公益讲座的学长们，他们的点化让我豁然开朗。当我在丫山之巅的怀云茶亭主持分享会“生命之受”时，我与大家分享了这段新鲜热辣的切身经历，在场的学长无不被感动，而我也通过这次讲解更深刻地领悟到：交出你的信任，成就一个更好的自己。相信，就有力量！犹豫，就徘徊！

我越来越坚信，北大公益讲座这件事情，出发点是善的、利他的，是值得持续跟随的。因为，在这当中我发现了一个更好的自己。每每看到这串菩提手链，我是又惭愧又感谢！这是我人生中最珍贵的礼物之一，我会珍藏，她教会了我——相信！

找寻梦想

徐建华　深圳 196 志愿者

美丽的丫山，让我体验到生命的效能，竟然如此美好！灵性的丫山，让我的内心再一次燃起对梦想的渴望！

在道源书院上的第一堂课，就击中我的内心，梓林学长让每位学长分享自己的梦想！这个命题太好啦，这几年来我一直很不安，不知道自己的梦想是什么？经梓林学长这么一点，还真是直接戳到了我的痛点。仔细聆听各位学长分享自己的梦想，尤其听到庞坤学长分享他的梦想就是“搞定自己”时，真是“一语惊醒梦中人”，一下子就把我雷倒了！

“搞定自己”，这可是一个大梦想啊，能把自己搞定了，还有什么事情搞不定呢！太棒了，我也终于找到了自己的梦想，原来梦想不一定很大，看似“搞定自己”的小梦想，却蕴涵着极其深刻的意义。

这几年来，我一直有一个说不明道不白的心结，其实就是已经没有了梦想。十几年前的那些梦想，现在已经基本都实现了。这几年尽管工作并没有松懈，但那仅仅只是凭着自己的责任感和工作的惯性前行。虽然偶尔也会有一些新的目标冒出来，但感觉都算不上梦想。在没有梦想的日子，着实活得有点儿机械，没有方向感，时常迷茫，时常苦恼，未来的梦想在哪里?

曾经带着这个问题，外出求学，上了 N 个总裁班、MBA、心理学等课程，虽然这些学习开阔了我的视野，也学到了工作上的技能，但是，都没有办法解决我的梦想问题。

2014 年的 7 月，我有缘结识北大公益讲座，在桂林参加一二三阶的学习，知道了“从生命到慧命”的人生旅程，也知道了“光明圆融善”，更加知道了“一切是自己，自己是一切”，我慢慢地开始学会内求，只是自己学得还非常肤浅，还是没能很好地搞定自己，更没有自觉地想过“搞定自己”，也可以成为自己的梦想。这次学习让我知道了，搞定自己，首先是要扩心量。自己的心量还是太小啦，而且很多的东西还是没有用心去悟、去做。

这次的丫山之行，一下子把我的思路打开了，就像梓林学长说的：“学了这些‘武功’，不是用来对付别人的，而是用来对付自己的。”

所以“搞定自己”先，不断搞定自己，生命的效能才能开始不同。我想，这也算是我从“生命到慧命”的入门吧!

感谢北大公益讲座，让我找到了自己的梦想，现在的我，仅仅只收获了北大公益讲座的不到万分之一，未来的路很长，我还要不停地学、修、做，才能真正让自己每一天都有所不同，让自己的生命到达慧命，奔向光明，修得圆融，不断行善!

遇见更好的自己

隋星柘　深圳 258 志愿者

巍巍丫山立赣南，浩浩竹海扬波涛，梅林清泉长流水，身处红尘寻天道。

6 月丫山的道源书院，迎来了一群穿着蓝色志愿者服的北大公益讲师们。此次有幸我也参与其中。

说到北大公益讲座讲师培训班，初时我是怀着兴奋和忐忑的心情报名参加的。接触北大公益讲座，已经有一年多的时间了，在这里，我深刻地认识到“从生命到慧命”的人生价值和意义，我从一个普通的听众蜕变成一名北大公益讲座的志愿者，又从一名志愿者发愿成为一名为众生服务的讲师。

愿望无比的美好，但深知自己德才欠缺，内心着实惶恐。我心目中的北大公益讲师，一定是上知天文，下知地理，饱读三千经书，通晓古今中外历史，不仅熟知各类宗教，还要有政治的高度，有经济学者的敏锐、心理专家的造诣，更要有系统思维的缜密，这些还不够，应该再有出众的口才和公众演讲的能力，于是，自卑的我报着虔诚学习的严肃心态来到了丫山。

六天的学习，却完全打破了我固有的学习心态，全新的学习模式打开了我的眼界，我深深地体会到了北大公益理念之一：用我们的做到证明我们全部的说是真实不虚，梓林学长说到便真的做到了。而且在课程中讲过的人生“高拷题”：先让自己快乐，再让身边的人快乐。这次，我才完全体会到，我第一次无比快乐、无比放松、无比惬意地享受整个学习的过程。

可是刚开始，我并不理解梓林学长的此番善举，只是认为自己不是讲师的料，想必学习压力非常巨大，六天的课程在不断地推进当中，我逐渐领悟到了梓林学长的良苦用心，很是感动——梓林学长对每一个学员的不放弃和不抛弃！

多年的打拼和世事的经历，使我内心疲惫不堪，只想过一种普通悠闲的生活，做一个默默无闻的家庭主妇了此一生。可是在工作和生活当中，又时常有很多的烦恼和不如意，无法解决，无法释怀。

第一堂课让我们思考“我的梦想”，这个命题使我震撼，我认真、深入地与自己的内心对话，原来我尘封已久的理想根本没有完成，究其原因，是因为我缺少承担的智慧，不知道关系如何圆满，所以不断抱怨，推卸责任，不懂得怎么和他人在一起，因此生命效能如此低，我深感惭愧。一直以来，我总有一种很强烈的“无力感”，对生活没有热情，做事三分钟热度，我找不出原因，找不回原来的“我”。

在这六天的学习当中，梓林学长带领我们农田摘菜、水塘抓鱼、柴火大锅做饭、山顶品茶分享心得、观瀑布、练书法、晨起坐禅、竹林主题分享演练、观寺庙“飞来石”，还有难忘的丫山之夜……每一次的体验，每一次的感悟，每一次的感动，还有自我每一次一点点地放下，我体验到了久违的纯真和快乐过后的热泪盈眶，我找到了此物质非彼物质带来的无所求的快乐和发自内心的喜悦。以前的“境由心生”在我心里只是一个冷冰的词语，现在却是一个暖暖的体验！从而令我想起了梓林学长关于生命的过程是一个“受”字，现在更能体会“心能转境”的个中美妙之处。

内心真实的喜悦和满足，那就是看清物质和物欲的区别、奢靡与朴素的区别，对待事物从忍受、承受到接受，最后上升到享受的境界，同时我知道，这一境界是何等的不容易修炼啊！但这就是幸福的目的地，思想的修炼需要有一颗相信美好的坚定的心，以及不忘原本光明、善良的自我，不断地学习、充实自己，并且跟紧大部队，长此以往方可做到——区区一念！

自己建立一个道场，这个道场首先要是一个快乐的、向上的、向善的光明道场，让自己先快乐，自己得自在，自己的内心圆融了，方能真正地对外部的世界圆融，方能滋润他人的心，带给别人快乐，才能真正做到具有影响力。都说成长是痛苦的经历，在北大公益讲座讲师培训班，我领略到了一个快乐成长的经历，这令我永生难忘。

当所学的道理和过往的经历相碰撞时，四溅的是美丽的般若波罗蜜。丫山讲师班如此植入我心，我知道，这只是人生里程的一段驿站，我知道，外面有艳阳同样也有风雨，唯有坚信光明、圆融、善，才有长足远行的前进动力。

六天的美好时光悄然离去，不经意间回头望去，看到成长的自己，犹如素胚勾勒出的青花瓷，淡雅隽永而清丽。曾经灰暗的我亦如烽烟飞舞，在不觉间融入那朗朗的天空里。此刻月色逐渐升起，似晕开了美好的结局，我将会眼带笑意，看着所有过去的一切，那不是零乱的折点，而是珍贵的人生几何。愿跟随北大公益，在漫漫的人生路上留下玲珑斑斓的印迹。

丫山开始，让生命走向慧命

付宝翠　深圳307志愿者

在中国版图上，有一个很不起眼儿的地方，是江西省的大余县，这里有一座很有“格调”的山，自古被佛家称为“至善福地”，被道家称为“人间仙境”，被儒家称为“养心天堂”，佛、道、儒“三教”在这里千百年相辅相成，融汇贯通，孕育出了一山兴“三教”的特有文化。这里的森林覆盖率达到了92.6%，山中秀木成林，水清茶香，瀑布成群，竹涛阵阵。这座山叫做——丫山。

整个丫山，不仅规划缜密，更令人敬佩的是，丫山打造的“章源黄埔”，培养出来的女子，每天都浸润在中华传统文化里面，个个能歌善舞，温婉知礼，成为丫山独特的人文风景。

2015年8月14日至16日，北大公益讲座首次在丫山举办家庭分享会，让我欣喜不已，因为我期待丫山已很久了。

14日下午四点，来自北京、深圳、赣州的八个家庭，陆续到来。大家休整片刻，便集中出发到山下做柴火饭——家庭分享会的重要内容之一。到达时，菜式已准备妥当，瞬间，大家默契分工：振峰学长、段杰学长、阳阳学长烧火，志强学长拍照，我儿子——14 岁的小河学长则肩负起了劈柴的重任，其他孩子，有的帮忙打下手，有的在一边玩耍陪同更小的孩子，一派其乐融融的景象。不一会儿，炊烟袅袅升起，“大厨”们开始在各自的炉灶上显露身手……“A 哆快乐厨房”被大家的欢笑声掀翻了锅盖，热火朝天。

突然有人大叫：“哇，梓林学长，115，还有……”松文学长陪着梓林学长一家在夜幕中从台阶上缓缓走下来，“神秘嘉宾”的到来让大家惊喜万分，纷纷停下手中的活儿，围了过去，拥抱问候。

八点钟，各路“厨师”的“绝活儿”终于亮相了。大人一桌，孩子一桌，就着漆黑的夜色，美餐起来。很快，有人在叫：“这是谁烧的冬瓜啊？”“茄子好好吃噢！”“至民学长烧的鸭子太棒啦！”欢声笑语伴着突如其来的暴雨，连成一片，大家的热情却是一浪高过一浪。

“盛宴”之后，大家驱车上山到了九成山舍，孩子们在楼下打起了乒乓球，学长们开始家庭分享会。庞坤学长用他惯有的“庞氏幽默”介绍了他与北大公益讲座的“因缘”，并且用他几年来的亲身经历说明“做”的力量；松文学长表示多年来，拥有很多金钱，也帮助很多人挣到钱，但发现自己越来越不快乐。自从遇到北大公益讲座后，他仿佛找到了快乐的方法，并愿意放下一切，跟随讲座，寻找那个更好的自己；刘念学长特别开心，因为先生松文愿意放下自己的“成功”跟她一起走进并跟随北大公益讲座，愿意和她一起从生命到慧命，那个乐，是发自内心的……不知不觉，时针已指向凌晨，大家在散去时，还是依依不舍。

第二天清晨六点钟，开始集体打坐。伴着新鲜的空气、淡淡的晨雾和此起彼伏的虫鸣，我们坐在禅修垫上，专注，宁静而愉悦。

早餐过后，一行人浩浩荡荡地前往卧龙谷。卧龙谷是丫山的核心景区，十八叠瀑布，沟壑纵横、林幽水清。一路拾级而上，随处两边各种树木，茂盛参天，绿意盈盈。身穿蓝、绿、白、橙各色文化衫的志愿者，走在卧龙谷里，成了一道独特的风景。孩子们兴冲冲地跑到了最前面，大人们却怡然自得，三三两两慢悠悠地散步分享。

约莫两个多小时后，我们来到道源书院，一个在庄严中处处散发着书卷气的地方。在树荫下品茶，大家继续分享与北大公益讲座之间的缘分。何涛学长——我先生，是家庭成员中第一个被我拉进北大公益讲座的，他说明显感受到了我近期的变化，所以，也吸引他想了解讲座。

至民学长是一位音乐发烧友，他曾经写佛乐，为蒋大为等明星演唱会写过歌。他笑言自己的太太——雷子仪学长自泰山三阶回来后，竟然主动向他承认自己这么多年来“对得太厉害”，至民学长则说：“每当有人笑话我怕老婆时，我就会说：不是我怕老婆，是老婆不怕我。”

晚餐后，志愿者全部集中到了丫可喜广场，欣赏丫山为我们奉献的一台特色晚会。主持人轻松幽默的主持风格，引得大家阵阵爆笑。他巧妙地将丫山的节目与北大公益讲座结合起来，并“吆喝”志愿者家庭上台表演。在大家的呼喊声中，我们一家三口走上台，我演唱了根据德德玛《草原夜色美》改编的《丫山夜色美》，儿子表演了“通背拳”，先生表演了太极，赢得了大家热烈的掌声。

8 月 16 日，午饭过后，梓林学长一行前往赣州，经南昌，再飞青岛，参加“8 月青岛缤纷夏日蓝色之旅”。我和其他几位志愿者家庭则驾车返回深圳。

三天的时间一晃即逝，但每一分、每一秒，留给我们的，都是亲情和友情，是和家人一起从生命走向慧命的坚定自信。

讲师是做出来的*

郭梓林　北京 001 志愿者

我们的培训就要结业了。什么是快乐的日子？就是乐了就快，一开心，日子就过得快。

刚才，晓敏学长说："哇，来这里才知道，当讲师要学好多东西，又是朗诵，又是主持，又是讲课，又是书法，没想到，还要学魔术。"她说得很对，当北大公益讲座的讲师，什么都要来一点儿，这会让我们生活变得丰富多彩。

人生来这一次不容易，所以，丰富多彩可以带给我们更多的快乐。还记得在第一阶，我们说的"高拷"题吗？"让自己快乐，40 分；让身边的人快乐，60 分。"我们为快乐而活着，所以，让生活和学习变得丰富多彩，是一件很重要的事情。

---

* 2015 年 6 月 16 日至 19 日，北大公益讲座在江西赣州大余丫山风景旅游区道源书院举办了第 2 期讲师培训，此文系结业时的分享节选，题目为另加。

今天上午，在九米长两米宽的巨型桌台上，大家尽情泼墨挥毫。有没有看到建新学长写的字，好棒哦！2014 年 2 月 11 日，建新在济南第一次听北大公益讲座。在第二天的联欢晚会上，他搞了一个“突然袭击”，穿着全球第一件“光明圆融善”文化衫拜师，承诺要当北大公益讲座的讲师。当时我告诉他：“今后你讲课，得送自己写的作品，开始练字吧。”他果然听话照做了。

在座的各位未来的讲师：今后当你们正式走上讲台，也应该送给听众你们自己写的作品。真想当讲师吗？现在就开始练字吧。真想练，就一定能练出来！我也是开讲之后，才开始练字的。尽管我们当不了书法家，但字一定是练出来的。我知道，在座的多数学长，没有看过我 2011 年写的字，那个难看哦，真是叫难看！印证了那句话：“无知者无畏！”

现在想来，那时候也真敢送出去，好惭愧！不过也有人说，那时候的字有价值。北京有一个学长就说：“那时候的字才值钱，因为好难看。现在已经写不出那么难看的字了，写好了，写多了，反而不值钱了。”还说：“要把 2011 年的字留下来珍藏。”是的，现在看那些字，感到很喜悦，因为那是成长的见证。而且可以让人相信，只要你坚持去做，就一定会有进步。其实，不仅是练字，说话、写文章也是一样，只要你用心去做，就会有进步和成长。

讲师写字送听众，这是北大公益讲座的一个特色。因为我们要感谢听众来听我们说，感谢他们来成全我们的说，见证我们的做，让我们有一个展现自己善良的机会。从这个意义上说，讲师的字，其实不在于写得好不好，而在于一份真心实意。我要告诉大家一个秘密，当初我之所以敢送，是因为我们设计了一个精美的信封做包装——写得不好，装进信封，怕什么？

练字，既可以养身，也可以养性。而养身和养性是讲师的基本功课。其实，我们只要拿出别人打麻将、卡拉OK、无谓饭局的时间来练字，就已经足够多了。像北京、深圳这样的地方，吃一顿饭，从出发到最后回到家里，三五个小时，一下就没了。三五个小时，可以写多少字呢？按照我的写字速度，3分钟连写带盖章可以完成一幅，100幅才300分钟。五个小时，免吃一次饭，一堂课的礼品就齐了。少吃一次饭，100幅字就OK了。说没有时间练字是假的，就看你怎么使用时间。

言归正传。结业之前，把最后一张“底牌”告诉大家：讲师不是培训出来的。为什么这样说？下面分六个方面，与大家分享。

一、关于“说”

北大公益讲座，其实是“明知不可说，还要去说”。不但自己说，还要搞这个讲师培训班，鼓励大家都来说。西方人认为，这个世界是不可言说的，叫作：“人，不得不去说那个不可言说的世界。”东方人更简单：“道可道，非常道。”说，真的好难，一说就不是，叫作：“言语道断。”

但是，我们既然要做讲师，就还要去“说”，或者换一个同义字，叫“讲”。为什么要去讲呢？因为前面有个“做”字。“做讲师做讲师”，顾名思义：做在前，讲在后，先做再讲，边做边讲，讲我所做，做我所讲。而且，更重要的是，讲完之后，接下来，还是一个“做”字——“用我们的做到，证明我们全部的说，是真实不虚。”只有自己去做了，说才会有力量。

北大公益讲座，是在做一件纯粹公益的事，做一件有益于他人却分毫不取的事，这个“讲”，其实就是一种“做”，而且是不为钱的“做”。这种“做”，是以心换心。所以有人说，你们无组织无纪律无收入，比我们有组织有纪律有收入还做得更好。因为我们不是靠制度，靠外在的约束，而是靠人心，靠内在的自律。这是我们与一般商业课程最大的不同。

北大公益讲座的讲师，与一般培训机构讲师的差别在于：我们的课程，不提供新的知识和观念，只是提供一个特殊的分享生命经验的场景，让听众用自己生命的经验和能量去体验，去感受，在这个过程中，如果听众有所启发，那是因为他们心中本来就有，我们只是做给他们看罢了。所以，这种分享智慧的课程，不仅不能收费，而且我们还要给听众送礼物。

所以，为什么我们明知不可说，还要去说？因为我们其实是在做，做一件善事，而且是非商业的公益课。

二、关于“为”

北大公益讲座是一件“明知不可为而为之”的事情。明知不可为，为什么还要为呢？“明知不可为”的意思是：我们知道自己很渺小，一生其实做不了什么，而且佛说：“无人可度”，“度人之心不可有”，也就是：改变别人，其实是一件不可为的事。

说是要帮助别人，其实如果别人不愿意让你帮助，你是帮不到的。北大公益讲座志愿者提出的帮助别人，事实上是为了成就一个更好的自己。帮助别人只是途径，成就自己才是目标。所以，我们要去感谢那些接受我们服务的生命，而绝不敢自以为是，把自己放在一个道德的制高点，以为做公益就有什么好了不起。

在第一阶的课程中，我们都到达了银河系的上空，看到遥远的地方有一个小白点，那是太阳。而那个小白点的一百万分之一才是我们的地球。在宇宙的时空中，100 年，也不过是一刹那。所以，从宇宙的意义上说，人是没有意义的，就像我们想象一下：蚂蚁活着有什么意义呢？一群蚂蚁好不容易把一粒米饭，辛辛苦苦运到洞边，小孩儿一泡尿，就冲得稀里哗啦。有意义吗？

或许，我们不应该把生命说得这么悲观，但这个世界，无论如何你是改变不了的，因为世界太大了。我们一年 130 多场巡回演讲，平均一场 200 人，1 年的受众不过 2 万多人次，10 年 20 多万，100 年 200 多万。而在 100 年当中，中国又会出生多少人？算来算去，100 年中只会有区区 200 多万的受众，不足挂齿。用这个思路去看我们的做，好像也是没有什么意义的。

那么，为什么我们明知不可为还要去为呢？不把这个问题弄清楚，大家跟着跟着就会跟丢了，因为低下头想一想，实在没有多大的意思。

有人说：人生本来就没有意义。但是，生命就是这么奇妙！因为没有意义，所以我们要去寻找意义。既然你来了，就算是一刹那，你还是得把这一刹那做到最好。最好的检验标准，就是你来这世界一次，到头来能对多少人好？你从你丈夫（妻子）身上看到你存在的意义，从你儿子（女儿）身上显示你做父母的意义。人生就是一次“实证”，去证明自己有一颗好心，证明自己是一个好人，证明自己是个好丈夫好父亲、好妻子好母亲。这是有着很严重的意义的。

因此，不可为而为之，是要证明自己存在的意义：我不来，是一个样子，我来了，是另一个样子。正如北大法学院的刘媛媛硕士在那个著名的演讲中说的：“如果我是一个公正廉明的法官，这个社会就会因为我的存在而好一点点儿。”讲得更透彻一点儿：证明自己和别的生命不一样，和蚂蚁不一样（或许蚂蚁也有它的意义）！我们就是为了这个意义，明知不可为而要去为之。否则，在这条路上，做做做，总有一天会觉得疲倦了，没劲儿了，好无聊、好没意思，转念一想，就逍遥去了。

三、关于“知与行”

当我们讲到“明知不可为而为之”时，其实包含这样一层意思：如果你想通过北大公益讲座去改变别人，那是不可为的。但如果你是想在这个道场，全心全意、毫无所求、无怨无悔去帮助别人，然后成就自己，那是可以有所作为的。

因为我们是为自己而做，于是，自己就会在做的过程中得到改变，并且会不断得到提升。如果你想以此拯救世界，那好狂妄哦，也很无聊——就像地球人想要拯救太阳系，拯救银河系。拯救自己就好了，也只有拯救了自己，或许才有可能对外部世界有一丁点儿的帮助，至少不添麻烦。

所以，通过明知不可说而去说，来提升自己的才干；通过明知不可为而去为，修炼出谦卑，并因此广结善缘，这是作为讲师的一个“知”，这个知不解决，就不会有接下来的“行”。讲师的“知行合一”，就是从这里开始的。

为什么要去行，因为行有好处呀！昨天段杰学长问我：“为什么人家在你56岁时，把你当作65岁，现在58岁了，却被别人看成48岁？”我回答她：“因为那个时候你们还没来呀。现在你们来了，你们这些‘70后’、‘80后’来了，给了我这么多的正能量，我当然就年轻了。”如果将来我们的讲师身边都聚集一批善良的正能量的人，经常在一起分享，那一定会让自己越活越年轻。我58岁都能变成48岁，你们也能做到。

北大公益讲座是做给你看的，不是说给你听的。说给你听，或许你不相信，难免产生怀疑，但做给你看，一下子就明白了。我们把这件事情做成这个样子，自然会让每个真正用心参与的人，不断地从中吸取正能量。这个或许用科学解释不了，西医肯定也解释不了。但我们相信，这个宇宙有科学解释不了的现象存在。这种东西叫作超自然的精神力量，就是善良的力量。我们把它称之为“宇宙的法则”。

这些年，我们一直在做给大家看。接下来，当你们已经看到了之后、已经知道了之后，就要去做到了。知道了不做，人生还是一场空，叫作“白考”。庞坤学长知道得不多，但他知道3，就去做3，结果3乘3等于9，这就比知道10，而不去做的人强！因为10乘0还是0。这就是儒家的“知行合一”、佛家的“悲智双运”。修行，就是又修又行，知行要并进。

四、关于“形式和内容”

有人觉得这次讲师培训，好像没有讲什么关于当讲师的技巧方面的内容，都是大家在分享，在交流，而且户外的活动很多，完全不像正规的培训。

但是，大家有没有想到，其实培训在一个月前就开始了。七小时的光盘，随机抽取其中的一个主题，让你来当分享会的主持人。这是什么样的学习量？还有背诵三首诗，难住不少人。其实，不亦乐乎的学习，重在一个“习”字。北大公益讲座的讲师，是从朗诵开始的，是从主持人开始的。所以，还没有上丫山，授课已经开始了。

来到这里，大家看到这么美的地方，来的都是蓝精灵，想到什么了？好有缘分啊。怎么会在这个时间，来到这个地点，与这些人相聚四天三晚？这是一种形式上的启发，上课内容已经不重要，环境和形式已经让你感受到：当北大公益讲座的讲师，是一件多么快乐的事，与这些人共同学习，共同成长，是多么荣幸，这种感受是暖记忆，比什么语义的接受都重要而且可持续。

所以，我常说，北大公益讲座是“形式大于内容”。这次就是一次实践，让大家来切身体会这句话的真实含义。你们已经感受到：

这个培训其实是让大家去感动大家，让大家去教育大家。从彼此观察和互动交流中，每个人都去体会要不要站出来担当，成为北大公益讲座的一名主持人和讲师。

这几天，大家已经发现：北大公益讲座的讲师，不是讲得好不好的问题，关键是愿不愿意出来承担的问题，只要去做，就一定会越来越好。课程录音、录像、视频、音乐、朗诵有那么多，随便拿来用，一个小时两个小时就过去了。就看你愿不愿意站出来为他人服务，能不能持续去做这样一件事情。

事实上，一阶、二阶、三阶我已经讲了那么多，如果这四天三晚，还是我一个人在台上讲，肯定是一点意义都没有的，因为前面的很多内容，很多人听完就完了，接下来需要各位在自己讲的过程中真正去消化。这就是深圳志愿者贺晓敏学长悟到的：当讲师和主持人要学习借力。这次我就是借大家的力，完成了这期培训。不是说给你听，而是做给你看，看到的东西，你才记得住。

借大家的感动，去感动大家，这是典型的“形式大于内容”。但这个还不能算是“道”，只能算是“术”。那么，这个“术”后面的“道”是什么呢？

五、关于“造境的智慧”

一直都有人在问：北大公益讲座到底想干什么？这个问题需要大家有所了解，尤其是讲师，必须了解。

作为讲师，我们通过北大公益讲座需要习得的智慧是“造境的智慧”。我们要通过自己的努力，把一个“学”和“习”的环境造出来，这样才可能让自己不被打回原形，并让更多的人“共同学习，共同成长”。

这些年来，我只是给大家提出一个梦想：都来当北大公益讲座的讲师——不管你有没有上过北京大学，不管你有没有上过大学。我已经讲了 440 多场了，今后会把更多的机会让给你们。这个机会，我们要共同创造，如果你自己不想要，我是给不了你的。

所谓“造境的智慧”，简单地说，就是自己找道场，建道场。而这个道场是通过帮助别人，然后成就自己。帮助别人，最好的方法，就是给出成长的环境。人们很容易看到树在成长（当然，太急的人也看不到，因为从早上到晚上，树好像是不长的）。但是人们很少关注树下面的土壤，是这个土壤在让树成长。

北大公益讲座的讲师，要做的不是大树，而是做土壤的工作。我们要创造一个平台（道场），让更多的人能够在这里找回真实的自我，让自我从此变得更好。

郭梓林已经到了耳顺之年了，不想当英雄，只想做舞台。所以，我们“不做广告，不接受媒体采访，不接受捐款”。不想轰轰烈烈，不想出名，不想做大，只是想创造一个环境，创造一个可以让人自由成长的环境，在这个环境中，你启发我，我启迪你，让智慧成长，让善的力量得以持续。

我很清楚，到了我这个年纪，重要的是要去搭建舞台，激发灵感，不断创新课件，让更多有担当的人，可以比较容易地走上讲台，当主持人，当讲师。不断有人在台上演出，我在下面看着，这是我最希望看到的场景。有一天，当你已经都会讲了，也要适时地去为后来的人搭建舞台。只有这样，最后大家才会走到“以自为师”的境界。而在“以自为师”之前，需要完成对“造境的智慧”的觉悟。

这次培训，你们都看到了，我是完全没有备课的，精心策划地随心所欲，借题发挥地点到为止。现在顺利地结束了，你们看到的是我在这个过程中的造境，让大家能快乐地学习分享。通过这四天三晚，你们已经知道这种学习，感觉真的很好，回去也这么做：帮别人，修自己。就这么简单。

在成长为北大公益讲座讲师的过程中，有一个念一定要转过来：做这件事，是为了一个更好的自己。郭梓林不需要你们来帮忙，北京大学公益讲座也不需要你们来帮忙，北京大学更不需要我们来帮忙。你只是为了一个更好的自己，学习当主持人，然后再当讲师。

为什么要在这个时间开办讲师培训？因为，我们已经走到第五年，很快课程就会应接不暇，讲不过来了。我们第一个 100 场，用了 500 天，然后接下来的 200 场，我们只用了 700 天，也就是 1200 天，我们走过 300 场。那么，从 300 场到 500 场呢？大约只要 500 天就够了，平均两天半一场。真的很快。

总而言之，北大公益讲座的讲师培训，一方面是我为大家造境，另一方面是鼓励大家回去为更多的人造境。而在这一系列的造境过程中，我们是为了一个更好的自己去学、去做。学长学长，在“学习中成长”，这是“学长”的第二个含义。这一切，都是为了自己，因为一个真正懂得为自己的人，一定会知道：只有通过帮助别人，才能看到一个更好的自己。所谓“达人达己”，两者之间不仅没有矛盾，而且是同为一体，一枚硬币的两个面。

为什么我们要建一个“慧至堂”这样的道场？是为了让大家能够在这个平台上相互取暖，经常交流，因为“独行快，众行远”。一个人走路，可能会快一点，但是众人同行，才可以走得更远。所以，慧至堂是大家的道场。

在跟大家分别之前，最想说的一句话是：回去自己建道场吧。讲师不是培训出来的，是做出来的。而要做，就要有道场，这个道场可以是家庭，也可以是企业，还可以是社区，或者如深圳志愿者创造的新形式：小学生的班会。

最后，祝贺大家，结业了！

下篇　诗词赋

丫·山·诗·画

韩磊

道源书院

朝闻道源书香，日沐丫山春光。
谁剪一株腊梅，墙角满是芬芳。

丫山晨曲

虫欢鸟乐奏山谷晨曲，山青水绿铺漫天云海。
风微花香展双臂拥抱，竹翠天蓝写幸福情怀。

叹阳明

半生飘零半生浮，一世因果一世熟。
三十年来仍未立，五十七载归何途？

阳明丫山情

云在双秀梅在亭，泉清先生瀑清明。
有因有果一生戏，无善无恶自在心。

落星亭

“王阳明落星亭”位于大余青龙镇章江河畔，杂草丛生，破败不堪。今日前往抄录 20 年前捐资建设者名录，几经周折，方才寻得，唏嘘不已！阳明心学，几人知晓几人听?

断桥莽石惊鸟鸣，荒草杂竹掩残亭。
老妇斜影担江水，笑问阳明是何人？

丫山秀峰

双秀绝顶人为峰，红日西悬托明灯。
山做堂前太师椅，水化壶里一盏茗。

中秋月

去年中秋月映空，今日佳节月复明。
百岁风华不多遇，人生何处不相逢。
自身均有光明月，千古圆满从未蒙。
赏心何必中秋夜，灵秀丫山是坛城。

端午节

端阳时节艾香稠，丫山平湖浮彩舟。
灵均九歌随风远，卧龙谷中无锦裘。
山里白衣采菊下，山外紫袍拜王侯。
一心一念一世界，光明圆融善里修。

醉仙桥

此桥名醉仙，龙游水云间。
高悬五十尺，横越百丈天。
上桥三碗酒，下桥酒碗三。
江南多秀丽，风景数丫山。

悠哉丫山

道源品经卷，九成沐云身。
灵岩试僧袍，卧龙问真君。
修仙何去处，把酒醉红尘。
禅珠百零八，颗颗是君心。

无题

（一）

花盛谢，旋落叶，
云有千千结，
一早绕丫山，
何事登楼阙？

（二）

谁把云海酿成一壶香？
谁把月色染成满地霜？
醉了三千年，
而今回头望。

夜未央

影扶窗，
红烛摇曳念芬芳。
朱颜泪两行。
飞星哪传飞月恨，
飞月只待霞帔妆。
醉了枫林黄了禅房，
钟声袅袅更悠扬。
喃喃细语，
绿荫帐下寸心殇，
低眉，又是断肝肠。

丫山调

前世可曾此山藏，
风景旧模样。
峡谷清泉流，
云海绕书房，
莫问老僧今何日，
一万年太长。

中元节

中元节，君念谁？
路边纸灰，茔前石碑。
人在桥头等轮回，鬼立桥尾待月黑。
两处奈何，一种滋味。
纵是天龙，难脱六道，泪、泪、泪。
盂兰夜，谁思君？
殿上弥陀，肚里慈心。
地藏金锡指法门，观音圣雨润众身。
四大浊浑，三涂火焚。
珍惜当下，回照五蕴，真、真、真。

新醉太平·丫山情

暖暖冬日，悠悠丫山，南情北意浓山巅。把酒言欢，此生因缘在此间，一瞬过千年。半天星斗半弯月，半坡红叶半池泉，能不醉丫山？

虞美人·丫山落花

春雨岂是多情种，一夜念梧桐。晓来山间半路白，谁洒残雪陌上花随风？

丫山自会与君逢，青灯盼红绫。意到心处心何在？我画斜阳岭头照落英。

如梦令·丫山

双秀峰顶云烟，卧龙谷里飞练。似诗似歌似画，如露如痴如电。梦幻，梦幻，何日君来丫山？

蝶恋花·丫山云海

梧桐花落杨梅早，烟雨来时，云海丫山绕。道源书院墨香袅，九成山舍银纱罩。

山里古寺山外道。山外行人，山里老僧笑。笑罢又闻木鱼声，有情无情终会老！

满庭芳·丫山

癸巳初冬夜，丫山客满庭，新朋旧友，借月色推杯。不才巧醉，又醉，再醉，大醉，撷古韵，赋新词，是以留记。

丫山今宵，山披青皂，银汉星灯高吊。九成彼时，轻歌乍起。俏影自随蝉鸣。才饮罢、洞藏佳酿。开金阕，又上层楼，怎叹不年少？

三生梦一笑，梦上丫山，红烛佛号。待明朝，秀水灵山换颜，敢差夸父捧酒，不辞让，阳明传道。念三宝，缘起双秀，谁在试僧袍？

大庾调·谷雨

甲午谷雨夜，独行于鹏城，华灯灿灿，行色匆匆，腹侧刺痛，谁又心疼？人人奔家中！当年仓颉造文字，般若在其中，盼立夏，忘清明，几人当下能安心？故写此句，遥送卿！

危楼百尺，夤夜披皂，彼岸星汉迢迢。丫山此时，寂空寥寥，偶有闲虫轻笑。笑仓颉，勾勾描描，哭山泉，呜呜咽咽，少了茶一泡！都是归家人，众生如来，如来众生，有何报！

身单影只独行，谁曾念，六道深情。望乡处，缘起双秀，是谁煮春茗？

西江月·秋殇

七彩丫山漫漫，双秀峰顶斑斓。秋水望穿是螟虫，一心何需问禅。

枫叶醉在指间，银杏黄了流年。阴晴圆缺天注定，有爱自上丫山。

江城子·夜归丫山

寒星如水秋如梦，雨朦胧，叶诉冬。皓月当空，千里归意浓。一路独行氤氲起，风已远，云未动。

道源深处是卧龙，丫山巅，谁与共。水天一色，人生自相逢。浓茶浅酒曲相送，红烛燃，孔明灯。

丫山放歌

点一盏马蹄灯，喝一杯竹叶青。说什么成与败，沉醉嘛付东风。翻一卷九成赋，唱一首丫山情。道什么对或错，真假呀皆入梦。这云海何处去？那烟波几万重？

怎日月容易过？敲啥子灵岩钟？泡一壶水心茗，对饮且放歌声。来来来，随我高歌，开怀且当放歌，飞上丫山之巅。

昨夜细雨

昨夜细雨丫山中
有客寻禅攀顶峰
峰顶不见云和月
卧龙谷里雾朦胧
不生不灭，不减不增
空不异色，色不异空
灯火阑珊是九成
心有灵犀一点通
灵岩钟鸣
声声苦乐都随风
人生一场梦
路边枫红
叶叶来去皆从容
谁是那老僧

晨思

我在凌晨醒来
这个世界，这般宁静
窗外满满的黑色
如你的眸子，那样清澈
我看见一颗流星划过
原来，没有什么是恒常不变的
你睡着，在梦的世界喜怒哀乐
那梦里，梦里，有我么？
慈悲的泪珠，从眼角滑落
如那繁星，在夜空闪烁
远处晨光微曦，天快亮了

冥想

（一）

如果，我是一只飞鸟
你愿不愿意跟我翱翔
舍弃大地的安稳
却有云端的激昂
如果，我是一朵昙花
你愿不愿意随我绽放
没有阳光的赞美
却是黑夜的绝唱
选择安逸，只能平淡
选择奋斗，定能成长
心若阳光，何惧悲伤
爱上丫山，哪怕路长
丫山九月，精彩飞扬

（二）

千年丫山，道源书院。
半亩方塘，水月镜天。
百岁人生，须臾之间。
无受无得，一念至善。

只为那一世

那一世，我听见你的呼唤
悠长，遥远
就义无反顾地向你奔去
只为能一睹你慈悲的容颜
那一年，我看到你的笑脸
祥和，温暖
便奋不顾身地朝你长跪
只盼偎依在你宁静的臂弯
那一天，我触摸你的指尖
清凉，柔软
就死心塌地地随你诵念
只想沐浴着你无声的真言

罂粟花

多想
隐进那无尽的黑暗
觐见那无尽的光明
藏匿四瓣花的美容
垂首青莲般的清宁
与生的磁能
并不是你的本性
本性里是空灵
那些执着的灵魂
是谁的身形
那些缭绕的青烟
是谁的哭声
哭诉这四瓣花的世界
也不过梦幻泡影

南风天

北方有位勇士，北风郎
风流倜傥，冷俊如霜
南方有位佳人，南风娘
乖巧优雅，温柔善良
每年春天
他们都在岭南相会
互诉衷肠，无限哀伤
相拥着哭出无数眼泪
湿了墙壁，潮了软床
清明一到，他们就要天各一方

遇见

世上没有无缘无故的遇见
也没有永不再见的离散
每个动了你心的出现
都是前生未说的再见
每段牵着你心的故事
都会在来世盛大重演
记得，回来丫山
轮回了古今千年
看惯了离合悲欢
接受了风轻云淡
学会了顺其自然
来或去，新或旧
一山风景，仍旧无限
爱或恨，近或远
经年老事，你还心软
记得，常回丫山

我有

我没有酥油
我有慈悲的眼睛
我用泪滴为你点亮长灯
我没有经幡
我有丫山的风景
我用美丽供养你的灵魂
长灯照亮你来时的小路
灵魂等待你回家的笛声
晚安，早安

流云未变

当绿叶悄悄泛黄
那抹身影渐远
当繁华慢慢宁静
这朵笑容淡然
丫山，迎来了无数个秋天
天空依旧，流云未变
霜叶仍红，山果还甜
唯独人不见
几人知晓周濂溪
爱上丫山池边莲
几人祭拜王阳明
魂归灵岩数百年
物比人长久
却也呼吸间
心若大自在
即刻见法船
风景丫山好
最美在彼岸
趁着秋未深，冬未至
趁着茶未凉，人未远
好好珍惜每一天

春夏秋冬

春天，杜鹃开满山冈的时候
你灿烂我的双眸
你说，我是烛台，你是暗夜的光明
夏节，瀑布奔跃深谷的时候
你激荡我的信仰
你说，我是莲座，你是莲上的幽香
秋日，银杏染黄禅房的时候
你合十我的双手
你说，我是坛城，你是城里的尊者
冬季，白雪飘落指尖的时候
你走进我的灵魂
你说，我是净土，你是十方的菩提
这样一个午后
奉一杯清茶给你
我说
我是丫山，你在哪里

道源书院赋

巍巍双秀，幽幽卧龙，云之缥缈所至，竹之苍翠簇拥，云深竹密之地，道源书院坐落其中，癸巳己未癸卯，历时半载竣成。背依笔架山东，向日而阳；面遥网形岭西，文武左右；北望虔州百里，京师四千；南顾梅关咫尺，粤北对岸。若青宝嵌于华锦，锦绣山河极目；似智者居于群儒，儒释道理融通。称名书院，是以复千古道源，兴万代文风，研国学精粹，集经世之英也。

书院藏山一隅，有善水流绕，有九成相伴，故自李唐来，仁者往趋，智者流连。灵岩十方禅茶一味，真君度龙净明开宗，周程三才吟风弄月，阳明作古偈语永传。尤记当年苏子瞻，又闻佛号会玉版，刘介夫观飞瀑，可叹李白天仙，张汝弼登秀峰，醉翁笑醉霄汉，汤若士访老僧，牡丹亭梦此圆。嗟夫！此为钟灵毓秀之地，修身养性之院，可仰明月怀古，可挥笔墨寄情，可盏茶促膝轻语，可片牍授业执鞭，曰：善！

书院临瀑抱竹，观一山芳菲，杜鹃春艳；堂舍粉墙黛瓦，听樵歌鸟啭，松竹扶疏。门厅来鸿，谈笑间论道；见有亦乐，夫子有朋自远；栖云阁里，吐纳自然之气，山野珍馐，香起金谷山房。况乎余人生四境，妃子笑，致良知，居丫山尘不到，悟真谛无一物。市井阡陌，寰尘人伦，广结善缘不辞山高水长，悟道人生，须于丫山正本修德。

祈愿丫山书院，文基稳固，叩拜天神地司，百代传承！余陋矣，然，信哉斯言！

九成赋

壬辰仲春念三，静思以赋山舍，落笔而为九成。

九成山舍，落于丫山山间，其间，林葱而莽；其侧，谷深而幽；其望，城遥而谧；其闻，佛远而朗。盖以景论，甚喜，曰其：木栋映湖光山色，华屋罩日曦松香。若以意喻，堪惬，曰其：窗前数声鸟语，帘外几片云悠。再以食言，称美，曰其：乡嫂巧手农家风味，养生佳品生态美食。噫嘻乐哉，乐山乐水，噫嘻美哉，美景美食。谓之九成，其一取九者为大，九九循环而不息；其二为寄思子韶，弘其文理，念其慈悲；其三意人生九成，成者当以隐，成者当以修。

子韶时值不惑尾，秦桧弄权乱朝纲，贬九成于江州，又谪居于南安。十四载风雨，苦闷。五十岁天命，怆然。容，枯槁憔悴；居，破败简陋；食，粗茶淡饭。然其心，仍系之于民难，忧之于国全。夜夜读书至天明，字字珠玑相流传，倚立庭砖，岁久双趺隐然。

其著书以立说，研理以传世，《横浦集》、《论语解》、《大学说》、《孟子传》、心即理，重仁爱，感民命察民情，柬朝策于内心，抒胸怀于山河，掬泉水以当酒，抚藤蔓以当歌。丫山恣游，林垌访僧，气宇笑指双峰翠，情思回看落日红，一首倅车送海棠，两袖清风话中兴。时年南安大旱，百姓丫山祈雨，雨应民声而瞬至，滋田垄，润天地，子韶喜之而趋拜，书《祭灵潭龙君文》以传世。莽莽天宇，飒飒秋风，秦桧是年死，子韶已花甲，方起知温州，后病卒榻前，皇赠谓太师，封崇国公，谥号文忠。

星月皎洁，明河在天，松间明月月正浓，岭上岚雾雾更轻，谷内真君道法自然，台上师徒吟风弄月，山巅古寺灵感三千，思之，乃养生之佳境，乃修身之皓明，登临丫山以润身，休憩山舍以养神，山舍如人生，人生得九成，成健康，成爱情，成家庭，成事业，成佳友，成学识，成慈悲，成天伦，成心境，九九而归一，一心无欲无求，一心舍得舍得。所谓大道之行，恩泽邻里桑梓，德润百脉千仞。上，往九而持就，下，去伪而存真。

今献瓣香，恭赋山舍，焚香以拜，拜之于山神河母，以颂以祷，祷之于天司地灵，山舍绕祥云，来客多福寿，成美成高于双秀，养心养性于卧龙。

情·满·丫·山

梓林

丫山之巅

（2015 年 6 月 17 日初稿，6 月 22 日二稿，7 月 4 日定稿）

6 月 16 日至 19 日，北京大学公益讲座丫山讲师培训 2 期在江西大余丫山道源书院举办，17 日至 19 日凌晨 5 点半至 6 点半，志愿者早起打坐，在清新宁静中吸取天地之精华。效果甚佳，留此感言。

梅关巍巍 耸云揽天
唐宋驿道 迢迢连绵
丝绸之路 万里始延
章江水长 润泽丰田

赣州大余 丫山之巅
九成山舍 雨后新帘
杜鹃花海 高山茶园
浩瀚竹林 碧波相连

卧龙深谷 瀑流飞溅
万绿丛中 道源书院

三缸四壁 古韵悠远
半亩方塘 学问如渊

周程理学 太极传演
牡丹亭梦 显祖续缘
金谷山房 问渠活泉
藏书二酉 来鸿窗前

静夜初醒 晨曦乍现
青竹摇曳 薄雾如烟
太极广场 几朵睡莲
潺潺流水 清风拂面

林中细语 百鸟翩跹
五时二刻 栈道栏边
蒲团席坐 阳气上旋
盘腿合掌 接地顶天

闭目时分 月色暗浅
开眼刹那 天光一线
纳新吐故 养心驻颜
关照内在 潜心修炼

历世经事 云舒云卷
从生至死 来去之间

心无杂虑　区区一念
公益讲座　度已为先

达已达人　学而不厌
心心相印　坦诚互见
同修共进　携手向前
敬天爱人　达成大愿

道源丫山揽胜

（2015 年 6 月 24 日初稿，7 月 6 日定稿）

赣南梅岭揽云天，唐宋驿道千百旋。
丝绸之路穿行过，章水悠悠润丰田。

绿黛染晴千峰嶂，白云如雪玉城喧。
卧龙山谷惊鸿处，十八瀑布银珠溅。

红梅坡上山花漫，龙鼎湖边水草鲜。
憩心楼栏清风许，天街台阶岚雾间。

九成山舍尽纵览，史海沉钩有残篇。
登顶双秀望南安，世事沧桑非如烟。

一道雄关石门口，真君传说跨千年。
问渠清泉出何处，程朱理学始开篇。

古寺灵感三千界，守仁心学五百年。
东坡虔州八境图，牡丹亭下梦团圆。

道源风骨今相承，虎踞龙盘护书院。
半亩方塘彰学海，三缸四壁古韵宣。

怀云茶亭极远目，幸福天路通天边。
金谷厢房问渠泉，亦乐堂中结善缘。

学者楼前南浦云，藏书阁里卷暮帘。
二酉东厅举挥毫，来鸿西窗月上弦。

区区一念向慧命，宏图梦想此山间。
但得来日再相聚，丫山之巅尽开颜。

贺丫山新修公路完工

（2015 年 7 月 31 日）

离别丫山四十天，一条青龙盘山旋。
再登双秀览崇岭，满怀大爱洒人间。

江水阳明

——和韩磊《落星亭》

（2014 年 10 月 29 日）

断桥残墩伴鸟鸣，荒草深处屹孤亭。
老妇担尽千江水，夕照阳明有后人。

丫山落日

——和韩磊《丫山秀峰》

（2014 年 11 月 1 日）

秀绝天下丫山峰，落日西悬意从容。
遥看千川安座椅，壶中自有万里鹏。

西江月·丫山之秋

——和韩磊《西江月·秋殇》

（2014年12月11日）

西霞七彩烂漫，双秀云天斑斓。卧龙谷深寻觅处，望穿秋水风寒。

枫叶醉醒行人，杏黄染了红尘。丫可喜高望远去，道源书声琅琅。

虞美人·丫山道源

——和韩磊《丫山落花》

（2015年5月2日）

春雨岂肯随东风，滴滴落梧桐。晓来卧龙喧嚣声，润泽有余直流章与贡。

丫山花落知多少，彩色换葱茏。道源风光旖旎处，书声琅琅灯火夜通明。

道源丫山（歌词）

（2015年5月6日）

在你的眼里
在我的心里
丫山云海缥缈
书院道源悠久

灵感三千界
守仁五百年
双秀望断南安
章江润泽大余

观云台巍峨
真君洞神秘
龙鼎湖水清澈
怀云茶亭留香

多少年以后
时间已飘走
灵岩寺的钟声
仍回荡在天际

茫茫人海中

有多少你我
青山绿水之间
从生命到慧命

卧龙谷幽幽
十八瀑潺潺
兰花点缀层林
杜鹃映红龙山

多少年以后
我们已老去
九成山舍灯火
却依旧迷离

轻轻的细语
伴歌声萦绕
那样清纯温馨
在梦幻的丫山
静静等待故人
像丫山的夜晚

美丽神奇的丫山（歌词）

（2015年7月4日）

在那遥远的地方
云雾在脚下飘荡
微风轻轻吹过
竹海掀起层层波浪

古树环绕的青山
晴朗的天空如此湛蓝
登上高高的九成山舍
双秀峰藏在云端

那是美丽的丫山
那是神奇的丫山
在古树环绕的山间
道源书院虎踞龙盘

那是美丽的丫山
那是神奇的丫山
在翠竹拥簇的卧龙谷
瀑布飞流闪着跳动的银光

在那遥远的地方
丫山让人流连忘返

带着古朴的民歌民谣
放飞美丽乡村的梦想

那是神奇的丫山
悠久的文化历史让人神往
红梅坡上遥望古道漫漫
章江水边聆听渔歌唱晚

那是美丽的丫山
那是神奇的丫山
怀云茶亭上清茶一盏
憩心楼栏边低吟轻唱

那是美丽的丫山
那是神奇的丫山
龙鼎湖水蓝得那样可爱
天街台的灯火彻夜不眠

有一群人曾经在这里
寻找光明圆融善
有一群人曾经从这里
让生命走向慧命

有一群人曾经在这里
寻找光明圆融善
有一群人曾经从这里
让生命走向慧命

晨曲

——和韩磊《晨思》

（2015 年 10 月 5 日）

我从黑暗中醒来
黑暗曾经让我宁静
窗外已经开始泛白
如你的眸子，慢慢睁开
又一颗流星划过
是暗没有褪尽
恒常的星辰运行
不会因为白昼变化
只是你能否看见
梦中世界的喜怒哀乐
梦中世界的悲欢离合
都是转瞬即逝
不会因为你舍或不舍
变或不变
梦中的我，究竟是谁
慈悲的泪，可有源泉
眼角滑落的
不是泪而是真爱
如那繁星般的永恒
在夜空闪烁

即使城市的天空
笼罩着沉重雾霾
远处道源的晨光
正带着微曦走来
天快亮了
心也亮了

冬夜雨思

——和韩磊《昨夜细雨》

（2016 年 1 月 26 日）

冬夜细雨夹寒风，远客迟暮踏卧龙[①]。
灯火阑珊映静湖[②]，灵岩[③]钟鸣伴孤松。
但有慈悲为九成[④]，还须智慧添一重。
寻道丫山尤可喜[⑤]，云雾深处悟禅宗。

灵猴飞度

——和韩磊《灵猴献瑞》

（2016 年 2 月 7 日）

灵猴飞度章江边，跃上丫山贺新年。
双秀奇峰云万里，卧龙清泉诗百篇。
龙鼎湖畔金樽月，九成山舍玉壶天。
谁道乡村无时尚，别有景致非人间。

---

① 卧龙谷，丫山核心景区。
② 静湖，一指山顶水库龙鼎湖，二指山顶露天泳池。
③ 灵岩寺，千年古寺。
④ 九成山舍，山顶吊脚楼别墅群。
⑤ 九成山舍电梯上三个大字“丫可喜”，亦是丫山人迎客口号。

主编絮语

走进丫山

唐岚　深圳 010 志愿者

北京大学公益讲座的第一阶“从生命到慧命”和第二阶“光明圆融善”的课程，是帮助听众打开“慧命之门”，三阶“幸福是想出来的吗？”的课程，则是让志愿者享受“慧命之妙”。第一、二阶课程，是面对社会大众的，第三阶课程，是专为志愿者开设的。因此，三阶的开课地点必须远离喧嚣的都市，选择自然风光优美的地方。在天与地之间，山与海之间，有日月关照，与星辰同眠，一群蓝衣精灵，徜徉在青山绿水之中，在回归真实生命的状态下，共同探寻幸福的真谛。

2013 年 6 月 19 日，北大公益讲座第三阶（1 期）课程在庐山成功举办，开讲了三场（第 175 至 177 场，共 9 个小时），参加这一期的志愿者有 51 位。日本 001 志愿者程波学长、日本华人华侨总工会的郑世伟主席偕夫人（日本 002、003 志愿者），参加了此前在江西财经大学举办的第一、二阶讲座之后，也受邀上了庐山。听完三阶课程，他们感触颇深，当即决定邀请北大公益讲座去日本授课。不久，志愿者在半年内，两次东渡，为日本华人华侨开讲。

在庐山开讲了三阶（1 期）之后的三年中，志愿者穿山越水，一路前行。三阶课程在中国大陆不少风景秀丽的名山大川留下了幸福的足迹：庐山、香山、番禺、井冈山、泰山、北海、桂林、三亚。

2016 年的芳菲四月，我们又在江西赣州大余国家 AAAA 级丫山风景旅游区举办丫山三阶（13 期）。在丫山这片云做的海之间，伴随着雨后春笋毕毕剥剥的生长声，幸福之花与满山遍野的杜鹃花一同盛放。

早在 2013 年 3 月，北大公益讲座就走进了这块神奇而美丽的土地。这一年的春节期间，梓林学长经朋友推荐，来到丫山考察，对这里的人文和自然景观一见钟情，并与唐向阳学长一拍即合，当即确定年后来大余县开讲北大公益讲座。光明圆融善的种子就这样，开始播撒在这片土地上，一批批的志愿者从此与丫山结下不解之缘。

随着时间的推移，三年多来，北大公益讲座与丫山共同见证着彼此的成长。北大公益讲座已经走进第六个年头，如今的丫山也已成为自然风光与人文精神高度融合的人间仙境，而且初具接待规模，成为体验慧命之妙的绝佳道场。

2015 年 6 月 16 至 19 日，北大公益讲座在历史悠久、翠竹环绕的丫山道源书院，成功举办了丫山讲师培训（2 期）。2016 年 4 月 7 至 11 日，在丫山 A 哆乡村活动中心，我们连续五天四晚开讲了一二三阶的课程，完成了总第 566 至 576 场（共 11 场）讲座。国内外 142 位志愿者参加了这次丫山三阶（13 期），在灵秀丫山留下了美好难忘的记忆。

我参与了历届三阶课程的组织和主持工作，这次从起草《丫山三阶（13 期）课程通告》的那一刻起，就已经被丫山人与志愿者的热情深深打动。因为丫山早已成为全球志愿者关注和向往的焦点，《课程通告》发出不到十天，报名人数已逾百人，原定的 80 个学位，被大大突破，即使截止报名，仍不断有志愿者来电咨询，希望编入候补学员。

江西有众多的旅游景区，丫山的自然资源并不具备特别的优势，但是丫山人用自己的坚韧与智慧，赋予了这片山水非凡的价值。日本 001 志愿者程波学长，是国家歌剧院原著名男高音歌唱家，旅居日本 20 多年，作为中日文化交流的使者，这是他第一次来到丫山，刚住了两天，就惊叹道："丫山这么大，室内户外居然都没有卫生死角，太不可思议了。在国内，景区能做到如此，真是不容易。仅从这一点，就可以感受到丫山人做事的力道！而且这里的空气如此清新，食物又都是原生态的，我一定要带日本人来这里观光旅游。注重养生的日本人，一定会爱上丫山的。"

欣赏过无数专业团体演出的中央戏剧学院终身教授、北京 777 志愿者陈珂学长，被山林间每天早起清扫栈道的保安大叔憨厚淳朴的微笑所打动，被丫山人自编自导自演的《丫山情——特色民俗晚会》所感动。这位通今博古、阅人无数、观戏无数的学者，忍不住发表感慨："中央戏剧学院有一堂观察课，教学生如何观察人。因为人的一切行为，都出自于本能。我观察了丫山的员工，从他们身上传递出来的都是发自内心的真情实感。我就很纳闷了，怎么可以让他们都能这样呢？不是个别人，是丫山的员工们上上下下都很一致，这绝对不是培训出来的！"

其实，所有这些的困惑与不解，丫山人已经透过一山一水、一草一木，给出了答案——"工匠精神"。这也正是 2016 年 3 月 5 日，国务院总理李克强在政府工作报告中，首次倡导的"鼓励企业开展个性化定制、柔性化生产，培育精益求精的工匠精神"。

在这样一个纷杂浮躁的社会，工匠并不是机械性重复的工作者，而是有着自己人生信仰的创造者，在他们身上，蕴含着深厚的文化内涵。“工匠精神”，代表着一个时代的气质，代表着坚定、踏实、精益求精的行事风格和工作态度。虽然工匠不一定都能成为企业家，但在大多数成功企业家身上，都具备了这样的一种特质，而且身边都有一批这样的特殊人才。

在丫山旅游景区董事长（大余 000 志愿者）唐向阳学长身上，就蕴藏着这种深厚的“工匠精神”。他诚恳地与志愿者分享这十年来建设丫山的体会：“我在很早就意识到，只有发自内心本能的美好，才是最真实可贵的。所以，我们丫山人像对待亲人那样对待每一位客人，真不是在为客人付出，是感谢客人给予了我们一次付出的机会。通过服务客人，从而提升了自己，哪有理由不感谢呢？所以，丫山人都能做到把内心的美好真诚地奉献给客人，让大家感觉来到这里就像回到家一样。

“我们要把丫山做成‘乐山’和‘乐山’。‘乐’字有两个读音，一个是 Le，一个是 Yue。前一个‘乐’，是我希望能带领丫山人轻松工作，快乐生活。如同梓林学长告诉我们的，自己快乐，40 分；让身边的人快乐，60 分。

“近年来，我不止在一个地方听到有人谈论北大公益讲座，同时也在运用北大公益讲座的理念，面对生活与工作中的发生，让许多人的日子因此轻松快乐起来。这说明我们大家都在做同一件有意义的事情。人生就是这么简单，快乐就好。如果我们接受生命终点的‘高拷’时，都能拿到满分的话，那么，丫山就会成为名副其实的‘乐山’了。

“我相信，随着丫山的发展，一定会吸引一批有特殊造诣的国际知名音乐家、歌唱家、艺术家来丫山访问，在丫山演出，举办各种培训班，也一定会有很多学生慕名来到丫山，跟随艺术家们学习。这样，丫山就会成为仙乐飘飘的‘乐山’。

“而且，我们还希望将丫山打造成一座‘学山’，汇集中西文化之精华，聚集一批顶尖学者，来到这里以做学问为主。丫山将来一定会成为一个养生养老的胜地，所以我们相信，必有智者为健康长寿而来，在享受自然与人文完美融合的世外仙境的同时，在这里开设道场，传播人文精神。我和梓林学长会用我们的做到，证明给大家看，到我们六七十岁时，身体素质不一定会输给 40 岁人哦！

“其实，我们丫山人的目标，并不刻意去追求财富，而是希望带领大家赢得幸福感和荣誉感。经济学研究表明，人的幸福感只有 20% 来自于物质，而 80% 是来自于精神和文化。设想以后我们 90% 甚至 100% 的村民，都是北大公益讲座的志愿者和光明圆融善的传播者，满山遍野都是蓝衣天使，那是多么了不起的事啊！这的确是值得我们去追求的一种精神境界。”

向阳学长在三阶分享会上的这段发言，描绘出了丫山的发展蓝图，展现出的深层次精神追求与北大公益讲座倡导的理念竟是如此高度一致。这让我们共同见证了：经过长期的寻觅，北大公益讲座终于选择落地丫山，与丫山同行。

与丫山人一样，北大公益讲座从一开始，就崇尚“工匠精神”，这体现在我们坚持“尽善尽美尽心”地去做好每一件对人有帮助的事情。我们注重每一个细节，追求完美和极致，不惜花费时间精力，孜孜不倦，反复修正和改进课程的每一个环节，这样一种较真的精神和工作态度，与丫山人在山水之间所做的一切，如出一辙，异曲同工。正是因为有了这种“工匠精神”，北大公益讲座才坚实地走到了今天，把最初 9 个小时的三阶，逐步扩容到了今天有 30 个小时丰富内容的三阶。

丫山追求的“生态养老，精准扶贫”，与北大公益讲座志愿者祈愿的“身心灵自修，让文化入乡”的愿景，不谋而合，在这片三万亩林海的旅游景区相遇，绝非偶然！所以，我们只需用心接受就好，感恩上苍的安排，让北大公益讲座的志愿者有了一处既能享受自然生态，又能享受付出的神奇之地。

相信参加丫山三阶（13 期）的学员们，在四天三晚所得到的绝不仅仅是课堂上的授课内容，更有来自于丫山的山水和丫山人身上的品质。借由本次丫山三阶（13 期）课程取得的成功，北大公益讲座决定将丫山的“花海客栈”命名为“国际志愿者村”，将丫山的“道源书院”命名为“讲师培训基地”。并确定 2016 年 6 月 19 日，在丫山举办“北大公益讲座第 600 场暨诗歌音乐舞剧《慧命之歌》”首演，同时举办“丫山国际志愿者村”揭牌仪式。凝聚了丫山讲师培训（2 期）和丫山三阶（13 期）学员集体智慧的《我们共同走过》系列丛书第五辑《道源揽胜》，将同期举行首发式，丫山讲师培训（3 期）也将同日启动，可谓是“四喜临门”。

《道源揽胜》中的所有文章，都是围绕丫山和北大公益讲座而作的。书的标题和副标题，来自北大公益讲座原创的两首歌的歌名。其创作灵感，出自丫山天梯台阶的岚雾，出自九成山舍微风轻摇的灯火，出自怀云茶亭的极目远眺，无尽的灵感被青山绿水一次又一次激发，如同卧龙谷的十八叠瀑布，奔流直下，而关于丫山的原创诗与歌，以及“丫山国际志愿者村”的建设和“文化入乡”的奇思构想，也随之形成，并不断得到完善。

全书 62 位作者，67 篇文章，47 首诗、词与赋。分为上、中、下三个篇章。上篇《真心语》，收集的是 2016 年 4 月丫山三阶（13 期）学员结业后的分享文章，中篇《话衷肠》收录了 2015 年 6 月丫山讲师培训（2 期）结业后学员的文稿，下篇《诗词赋》是历年来梓林学长与韩磊学长关于丫山的原创诗、词、歌、赋。这些文字也是三年多来，牵动丫山与北大公益讲座之间绵绵情愫的重要线索之一。在整理和编辑这些文字的过程中，我们透过字里行间，仿佛看到了志愿者在丫山被点燃的慧命之光，已经汇集到一起，形成一首首属于自己的《慧命之歌》。而韩磊学长这些年来，用他独特的视角和镜头，为我们留下了许多不可多得的精彩瞬间，这些优美的摄影作品，在选择角度、用光、构图、色调上，无不体现诗人的情怀和工匠之精神。一幅幅丫山诗画，不仅在他的心里，在他的诗里，也在他的摄影作品里。

2016 年 6 月 19 日，北京大学公益讲座将走进第 1950 天，这一天，必将成为讲座发展史上最重要的里程碑之一：这一天，丫山的漫山遍野、乡间小道都将活跃着蓝色志愿者灵动的身影；这一天，一首关于生命觉醒的诗歌音乐舞剧《慧命之歌》，将完全由丫山的志愿者在“国际志愿者村”的活动中心唱响。而这本《道源揽胜》，也将作为北京大学公益讲座第 600 场的贺礼，并同时成为未来每一位莅临丫山旅游观光的游客了解丫山的枕边书。

感谢当代中国出版社，感谢出版社责任编辑叶敏娟女士和装帧设计姚洁女士，她们俩的细心策划和精心设计，以及不遗余力地加班加点，使这本书能在最短时间内顺利出版发行，赶上我们的既定活动，真是让我们感动和敬佩。

祝福神奇而美丽的丫山！祝福“国际志愿者村”！祝福北京大学公益讲座的全体志愿者！

2016 年 4 月 19 日于深圳华丽花园日华阁寓所